LA GLOIRE

DE

PUBLIUS CORLIAN

DU MÊME AUTEUR

Cinq Études Mathématiques (épuisé).

Trois ans de Front (notes et impressions d'un artilleur),
1 vol., chez Berger-Levrault. Ouvrage honoré d'une
souscription par le Ministère de l'Instruction publique.

Gœthe : *Iphigénie en Tauride* (traduction nouvelle avec
une préface). 1 vol., aux Éditions de la Revue « Le Feu ».

L'Étrange Aventure de Pierre Fontramie, roman. 1 vol.,
même éditeur.

Virgile : *Les Géorgiques* (traduction nouvelle avec une
préface). 1 vol., chez Bernard Grasset.

J.-L. GASTON PASTRE

LA GLOIRE

DE

PUBLIUS CORLIAN

ROMAN DES GUERRES D'ANNIBAL

PARIS

BERNARD GRASSET, ÉDITEUR

61, RUE DES SAINTS-PÈRES, 61

1924

IL A ÉTÉ TIRÉ DE CET OUVRAGE : VINGT-
DEUX EXEMPLAIRES SUR PAPIER VÉLIN
PUR FIL LAFUMA, NUMÉROTÉS DE 1 À 20.

CHAPITRE PREMIER

LA VILLA

Le printemps faisait sentir sa force. Sur les hautes montagnes la neige fondait; dans un rauque murmure les torrents bondissaient joyeusement. Publius Corlian héla ses esclaves. Ils arrêtèrent les grands bœufs roux aux cornes torses qui labouraient pesamment, en faisant gémir sur leurs épaules fumantes les doubles jougs étrusques à chevilles de bois blanc. Les serviteurs vinrent s'asseoir au pied des oliviers noueux sur le penchant du coteau. Le maître les rejoignit. Sa silhouette, jeune, vigoureuse et bien musclée, se dessina en force sous les arbres paisibles. Publius Corlian, de la place où il s'était assis, embrassait d'un coup d'œil satisfait son domaine : les collines âpres où s'étageaient, comme sur les marches d'un immense escalier, les vignes mariées aux ormeaux tutélaires, plus bas les olivettes; près du ruisseau les gras pâturages, dont le vent faisait trembler les haies et les longues herbes. A mi-pente, la villa dressait ses murs de pierres grises, marquetés en saillie de poutres rouges. Les tuiles vertes des toits plats resplendissaient. Un soupir gonfla la poitrine du jeune homme. Son père ayant péri dans les guerres contre Carthage, seul dans la gens il représentait maintenant sa famille, sa mère ne pouvant prétendre à cette fonction auguste, ni ses deux frères plus jeunes que lui.

Il avait eu d'abord grand'peine à diriger ses biens. Maintenant les résultats obtenus le satisfaisaient. Le domaine prospérait. Il y avait de la joie dans son attitude.

Comme ses yeux se portaient encore vers la villa paternelle, il vit, s'avançant à petits pas sur le chemin descendant, son voisin de campagne le sénateur Quintus Fabius. Il se leva et alla saluer le vieux patricien.

Ce jour-là, Quintus Fabius était d'humeur fort morose. Il s'assit au pied d'un arbre et parla : tout tirait vers son déclin : l'antique vertu, la race vigoureuse des agriculteurs, celle des prêtres et des soldats. Rome s'endormait dans une molle oisiveté, oubliant ses origines, la rude race des paysans pauvres et sobres, durs à la fatigue, hargneux et disciplinés. L'Italie était soumise, soit ! Et à quel prix ! Mais elle restait divisée en cent contrées où chaque peuple avait l'amour de l'indépendance, elle comptait autant d'États que de

vallées, autant de dieux que de villages. Un État?
Non une fédération. Mais satisfaite, insouciante
la ville sacrée tournait les yeux vers l'art, la litté-
rature, la science grecque. Ce cadran solaire qu'en
faisait-on? Pourquoi diviser artificiellement la
journée en intervalles égaux? Le soleil dans le
ciel ne suffisait-il pas? Et ces médecins venus de
Grèce, des corrupteurs et des empoisonneurs!
Cependant, silencieusement, Carthage préparait
la guerre. Le vieillard frappait le sol de son bâton
noueux. Le traité conclu avec Rome coûtait trop
cher à Carthage pour qu'elle s'y résignât. Le tribut
de la plus grande partie de la Sicile lui échappait.
La colonie phénicienne voyait s'envoler son rêve
de monopoliser les routes maritimes. Ah! Régulus
avait vu clair, et tant d'autres qui voulaient
détruire Carthage et non pas lui imposer un traité
onéreux. Rome avait soutenu les mercenaires
révoltés, mais mollement, par des moyens indi-
rects. Il aurait fallu s'engager à fond! Qu'attendre
d'un Sénat fatigué qui ne songeait qu'à jouir et
à s'enrichir?

— Pourtant, père (c'est ainsi que le jeune homme
nommait affectueusement le vieillard), le parti de
la paix est puissant à Carthage.

Le sénateur s'emporta.

— Oui, il est puissant, trop puissant même.
Mieux vaudrait une bonne guerre que cette paix
boiteuse. Certes, Hannon appuyé sur le Conseil

des Cent souhaite la paix. Il sait bien qu'à moins d'un miracle Carthage succombera dans une nouvelle guerre. Heureuse de ce qui lui reste, contente de vivre paisiblement dans les loisirs laborieux et d'exploiter ses innombrables comptoirs, ses somptueuses stations où l'on pêche et prépare les précieux coquillages qui donnent la pourpre; cette ploutocratie d'armateurs, de planteurs, de commerçants et d'industriels, amis du luxe et des voluptés, fort ennemis de la guerre, est prête à tout, même à accepter notre alliance, à devenir cité subalterne ou sujette! Mais le parti d'Hamilcar appuyé par le petit peuple...

Le jeune homme haussa les sourcils.

Le vieillard étendit le bras.

Hamilcar était mort; bienheureux fut le jour où il tomba; mais avant de mourir il avait créé en Espagne une colonie puissante, l'agriculture y florissait, on y exploitait des mines d'argent; fondées par lui de somptueuses cités s'élevaient. Enfin, préparant de longue main une nouvelle guerre, par des levées régulières il avait constitué une armée mercenaire trouvant dans les camps une seconde patrie, remplaçant le patriotisme par la fidélité aux étendards et l'attachement à ses chefs. Le lion était mort, il restait ses fils : Annibal, à qui dès l'âge de neuf ans il avait fait jurer devant les autels, sur les entrailles fumantes des victimes, haine éternelle au nom romain, Hasdrubal et Magon, plus jeunes que leur frère, tous trois de la race authentique des lions.

Fabius frappa dans ses mains.

— Par les Grâces aux blancs genoux! je ne tremblais pas lorsque, dans les champs de la Sicile, la cavalerie d'Hamilcar fonçait à toutes brides sur nos manipules, mais à cette heure j'ai peur et prie les dieux de nous donner des consuls clairvoyants. Que faisons-nous? Rien! Rome assise dans sa gloire se croit invincible, elle néglige les affaires d'Espagne, se figure avoir tout gagné en s'alliant avec Sagonte et Emporiæ et en interdisant au gendre d'Hamilcar, cet Hasdrubal, notre ennemi mortel, de pousser ses conquêtes au delà de l'Èbre. Tout cela est insuffisant. Sans compter qu'Hasdrubal négocie, promet et ne tiendra pas sa parole. Et Annibal, Annibal généralissime des armées d'Espagne depuis la mort de son père, et qu'ils ont encore nommé Suffète...

— Mais, interrompit Publius Corlian, je croyais que le Suffète était un magistrat purement civil.

— Sans doute, mais ce n'est pas la première fois qu'un général punique, Hasdrubal par exemple, aura été investi de cette magistrature. Elle lui permet de commander, de combattre, dans une certaine mesure d'administrer et de négocier. Enfin, que nos bavards de Rome le veuillent ou non, Annibal, malgré l'opposition du parti d'Hannon, a été nommé Suffète pour les affaires d'Espagne où quelque chose d'approchant; ce n'est pas un contre-sens de notre part que de dire en parlant de lui « le Suffète », car, là-bas, dans sa colonie, il est chef militaire et chef civil. Triste, triste politique! Tâchons d'y voir clair, ne nous payons pas de mots : depuis vingt ans Latins et Carthaginois ne cessent de s'avancer vers le nord à la rencontre les uns des autres; entre Carthage et le Tessin il n'y a pas plus que cinq cents milles de route; la Gaule du sud fatalement sera un jour notre champ de bataille. Ne le vois-tu pas? les Puniques essaient déjà de la conquérir et de bloquer Marseille dont le commerce les gêne. Et nous, tout à nos querelles sur le droit de veto des Tribuns, nous restons les bras croisés! Dans mon jeune temps il n'en était pas ainsi.

Publius Corlian souriait, il savait la fougue de son vieil ami et son âpre caractère. Mais un monde de pensées l'assaillait : en cas de guerre quelle serait l'attitude de l'Égypte? Que feraient les satrapies asiatiques? La Macédoine? La Grèce? La Grèce étudiait, jugeait, comprenait. Rome était purement agricole, aristocratique, traditionaliste. Carthage, agricole aussi, était surtout commerçante et maritime. La majeure partie de la population de Rome était propriétaire, donc conservatrice. A Carthage elle était prolétaire et le Sénat y cédait à l'argent des riches ou aux menaces de la populace. Carthage, singeant la Grèce et l'Égypte, était plus intellectuelle que Rome, plus affinée, plus raffinée. Les ambassadeurs puniques, fiers de leurs précieuses richesses, faisaient des gorges chaudes de ce qu'ils avaient vu à Rome. Une seule argenterie de table servant pour tout le Sénat et qu'on transportait de maison en maison suivant le besoin des réceptions! Oui, il y avait de quoi rire! Mais ici, en revanche, régnaient les bonnes mœurs... l'horreur du luxe, une antique et rigide économie; choses qui font les peuples forts, braves à la guerre et aptes aux conquêtes. Partout où le légionnaire avait planté son pilum, le colon venait le lendemain conduire sa charrue. Malgré ses apparences colossales, il s'en fallait que l'empire carthaginois reposât sur d'aussi solides assises que la rude république romaine. Rome, aidée par les cités italiques confédérées, pouvait promptement lever un demi-million d'hommes. Sa flotte de ligne comptait deux cent vingt quinquérèmes, trois cents trirèmes, avec des navires légers à proportion. Ses forces de terre et de mer étaient le quadruple de celles de Carthage. Non, il n'y avait rien à redouter!

Cependant il se tut et d'un pas tranquille accompagna le vieillard jusqu'à sa villa, dont on voyait les colonnes rustiques à quelque quinze cents pas. Les vignes commençaient à bourgeonner et l'éternelle vigueur de la terre montrait son renouveau.

Sous les branches des mûriers, sous celles des ormeaux, les ceps s'alignaient en bataille, tels une légion prête au combat. Cette ordonnance militaire dans ce cadre agreste et rustique plut aux deux hommes qui étaient de la race des paysans et des soldats.

Comme le jour mourait le jeune Romain regagna sa villa, salua sa mère qui filait la quenouille, distribua à ses frères la tâche du lendemain. Après un frugal repas il gagna sa couche, elle était dure, car Publius Corlian ne donnait pas dans les goûts du jour. Les innovations grecques n'avaient point pénétré dans cette maison.

Parmi ces rudesses il y avait de la joie dans la villa romaine. Le temps des gelées venait de passer, le ciel tantôt couvert, tantôt balayé par des vents impétueux, n'avait point été inclément aux jeunes bourgeons, dans les vignes pas le moindre dommage. Tout le promettait, Bacchus donnerait ses présents en abondance. En vain la vieille mère répétait-elle suivant un antique adage « la récolte ne fait pas plaisir deux fois », Publius Corlian la croyait déjà dans son cellier. Il entendait par avance les pressoirs gémir sous la cuisse des esclaves barbus, voyait bondir le moût dans les cuves pleines...

Le soir était paisible. Le vieil Affra, l'affranchi, l'homme de confiance dont les Corlian se servaient à Rome, revenait de la ville. Là, dans la maison de Marcus Aurelius et dans celle du consulaire Quintus Cecilius Faber, il avait appris d'étranges et graves nouvelles : les Carthaginois si longtemps paisibles dans les limites de leurs provinces espagnoles s'agitaient. L'armée phénicienne assiégeait Sagonte, et dans les carrefours où elle s'assemblait, malgré les récents édits, la foule était houleuse. Publius Corlian était assis auprès de sa mère. La vieille Romaine, cessant de faire courir entre les fils de la toile la navette retentissante, releva la tête et regarda fixement son fils aîné :

— Jamais nos hommes n'ont eu peur des Carthaginois.

Elle savait que celui-ci combattrait, c'était sa tâche. Son regard s'abaissa vers son second fils, un adolescent de seize ans. Elle l'attira contre elle.

— Est-ce qu'ils vont aussi me le prendre?

Le vieil affranchi branla la tête.

— Si la guerre éclate elle sera terrible. Tout à l'heure, chez Marcus Aurelius...

La portière se souleva, livrant passage au sénateur Quintus Fabius. Il salua les pénates et s'entretint avec ses hôtes.

— Oui, c'est la guerre, et nous n'avons pas de temps à perdre; j'ai des nouvelles de la ville, on fait des préparatifs pour mettre fin à l'insurrection d'Illyrie, on y enverrait deux légions, j'ai même été pressenti, on relève les forteresses de la

Cisalpine. Mais le siège de Sagonte me préoccupe; ne raconte-t-on pas que la ville est déjà prise. Je vais partir pour Carthage avec mission d'offrir la paix ou la guerre. A la Gérousia de choisir.

— Et tu crois, père, qu'elle choisira la guerre?

— Je ne sais, mais les Barcides, eux, cherchent à la rendre inévitable. Que signifieraient, sans leur désir d'arriver à une rupture, ces immenses préparatifs militaires que font en Espagne les fils d'Hamilcar Barca. Sans compter qu'avec leur système ils ont une armée de métier toujours prête à marcher, au lieu que nous aurons à lever et à exercer nos légions. Il y a beau temps que nous aurions dû intervenir et créer des colonies militaires sur l'Èbre.

— Cependant, père, nous pouvons envisager l'avenir avec optimisme, nous nous battrons chez l'ennemi, sur la côte d'Afrique, en Espagne, à la rigueur, en Sicile. Notre magnifique flotte nous assure la maîtrise complète de la mer, ce serait jouer des dieux que tenter un débarquement sur nos côtes.

Malgré sa mauvaise humeur présente et l'esprit de contradiction qu'il avait fort développé, Quintus Fabius en convint. L'Italie était à l'abri de tout débarquement depuis que les Romains avaient une flotte de guerre; certes les Carthaginois pourraient insulter les côtes, mais par de simples escarmouches sans valeur militaire. Non, la guerre n'était pas là. Peut-être y aurait-il quelque rencontre dans la Gaule du midi, si les Carthaginois tentaient de la conquérir, dans ce cas les alliances de Rome avec Marseille et Emporiæ lui faisaient la partie belle. La grosse affaire serait de débarquer en Afrique, et le vieillard traçait un plan de campagne.

Publius Corlian émit l'opinion qu'on ferait bien de se défier des Gaulois, principalement de ceux de la Cisalpine. Le sénateur répondit qu'il serait aisé de les contenir, d'ailleurs ceci serait du ressort de la politique. Les Gaulois ne pourraient devenir dangereux que si les Puniques leur tendaient la main, c'était pratiquement impossible. Publius Corlian approuva. Le vieillard en revint à la Sicile où les Carthaginois ne manqueraient pas de porter leurs forces. Leur premier soin allait être, de toute évidence, de faire franchir les colonnes d'Hercule à leurs armées d'Espagne pour les concentrer en Afrique.

Le sénateur soupirait maintenant. Il avait toujours désiré la guerre, et, par une contradiction assez fréquente chez les mortels, il la redoutait. Il se reportait par la pensée à la dure campagne de Sicile, Hamilcar Barca retranché sur le plateau du mont Eryx, les terribles batailles du temple d'Aphrodite, et cet ensemble d'opérations, où s'étaient affirmés le génie d'Hamilcar et la pauvreté des conceptions romaines. Ah! sans l'incom-

parable fermeté des légionnaires à quel désastre
eût-on abouti! Et encore s'en souvenait-il, à la fin
de la guerre, les mercenaires d'Hamilcar, devenus
chaque jour plus habiles et plus braves, provoquaient les légionnaires en combat singulier. Le
vieillard hochait la tête. Vieux traditionaliste il
n'en avait pas moins lu et médité les manuels des
stratèges grecs et savait trop ce que valaient les
généraux romains, simples politiciens sans autre
expérience militaire que celle acquise au cours
d'expéditions coloniales...

Bien que la villa de Publius Corlian ne fût dis-
tante de Rome que de quatorze mille pas environ,
de la grande ville arrivaient peu de nouvelles.
C'était le moment où les travaux des champs demandaient toute l'activité des hommes et où les
citoyens ne regardaient point au-dessus des choses
de la terre. Or, par un après-midi serein, tandis
qu'il était au pâturage, Publius Corlian reçut la
visite des collecteurs publics faisant le recensement des chevaux aptes au service de l'armée.
Il sut ainsi qu'on levait une nombreuse cavalerie.
Les magistrats lui dirent encore que les Consuls
et le Sénat poussaient à fond les préparatifs
militaires. De Carthage, de la paix ou de la
guerre, ils ne savaient rien, ou ne voulaient rien
dire.

Le lendemain matin, dans l'aube commençante,
Publius Corlian se mit en route vers Rome. Il

montait un petit étalon ligure qui trottait l'amble assez agréablement.

De droite et de gauche les champs cultivés étendaient leurs tapis aux couleurs bariolées. Des paysans passaient, escortant les chariots pesants aux roues soigneusement arrondies. La chaussée montait un peu raide. Arrivé au sommet de la côte, Publius Corlian arrêta son cheval pour le laisser souffler. Rome s'étendait devant lui. Dans la lumière matinale il en salua la splendeur.

De hauts remparts crénelés, aux grosses tours carrées, arrêtaient d'abord le regard. Derrière, à perte de vue, un océan de maisons. Des rues tortueuses serpentaient, des toits aux tuiles polychromes luisaient, au loin resplendissaient les marbres et les cuivres du temple de Jupiter. Une poussière lumineuse flottait. Dans cette chaude et orgueilleuse lumière la ville semblait monter, se hausser, se tasser autour de ses collines saintes, jaillir dans une suprême apothéose de gloire et de fierté. Publius Corlian maintenait son cheval immobile. De son cœur une prière muette montait vers l'Olympe, un hymne de reconnaissance vers les dieux qui l'avaient fait citoyen de cette patrie auguste.

Le jeune patricien fit son entrée par la porte du Nord, là où la fumée des forges et les ruisseaux noirs des teintureries enlaidissent le faubourg. Ayant remisé son cheval, il alla faire quelques emplettes. Il trouva chez deux Grecs et chez un marchand originaire de Palestine ce qu'il cherchait. Le peuple vaquait à ses occupations habituelles, on ne discernait dans la foule nulle agitation, si ce n'est qu'on préparait pour le soir de grandes réjouissances, des jeux où les Lamiæ et autres vampires viendraient amuser et épouvanter la foule. On disait que Manducus, l'énorme croquemitaine serait de la partie, car ces dignes Romains, habituellement pieux et graves, sont au fond très grossiers, aimant d'un amour égal le solennel et le grotesque. Pétria, la vieille femme ivre qui précède, en trébuchant, le cortège des triomphateurs indique du reste que le goût du bas peuple comme celui de l'aristocratie, a grandement besoin d'être éduqué. Publius Corlian n'était ni un délicat ni un raffiné, mais il avait horreur de la vulgarité, il haussa les épaules et poursuivit son chemin. Il allait par les ruelles ombreuses où de petites boutiques exhalaient des senteurs puissantes d'oignon, de friture et de fromage. Sur les toits plats des maisons, des femmes étendaient du linge pour le faire sécher. Dans la rue droite qui conduit au marché aux herbes, un vieillard demi-nu, couleur de bronze, chantait, entre ses dents ébréchées, une chanson érotique en tendant la main aux passants.

Chez Quintus Cecilius Faber où il alla faire visite et prendre le repas du milieu du jour, on n'eut pas grand'chose à lui apprendre; des rumeurs couraient, rien ne les confirmait. Quintus Fabius et les ambassadeurs n'étaient pas encore revenus de Carthage, les vents étant contraires. Chez cet hôte illustre, dont la famille s'enorgueillissait d'avoir institué à Rome les jeux floraux, Publius Corlian rencontra un noble Gaulois qu'il avait jadis connu. D'une famille équestre, Cot était né à Béziers cité des Volces, il y habitait présentement, mais ayant épousé une Grecque d'Agde dont la famille avait amassé des richesses dans le commerce maritime, il venait pour la deuxième fois à Rome afin d'y régler les affaires de son beaupère. C'était un homme grand et mince, blond avec des yeux noirs, en parlant il tirait sa longue moustache qu'il effilait du bout des doigts. Dans la fréquentation des Grecs il avait appris l'art des discours subtils. Il dit son mot sur les affaires de Carthage et de Rome, s'exprima avec prudence, souhaita ouvertement la paix, bien que la guerre dût lui apporter des profits avec le ravitaillement des belligérants. Il parla des armées en présence. Vanta avec courtoisie l'inébranlable solidité de l'infanterie romaine, et, pressé par ses hôtes, ne fit pas mystère des immenses préparatifs que faisait en Espagne le suffète Annibal, et dont la rumeur commençait à courir les terres et les mers.

Dans les mois qui suivirent, les nouvelles ne

furent pas plus abondantes, mais les armements romains se précisèrent et se précipitèrent.

Publius Corlian quittait peu sa villa. Deux fois seulement il vint à Rome. Il fit visite à Cecilius Faber. La fille de son hôte, Terencia Cecilia, belle, noble et pure, émut son cœur. Leurs yeux se rencontrèrent. Cécilius Faber sourit. Mais les temps étaient trop graves pour songer à un mariage.

En effet, peu après, Publius Corlian, ayant reçu des ordres précis, leva deux manipules, charge qui correspondait à sa situation de fortune. Les chefs de famille de la gens firent une masse commune sur laquelle on acheta des armes et des équipements.

Tantôt les exercices avaient lieu autour de la villa de Publius Corlian. D'autres fois le jeune chef entraînait ses hommes dans la plaine où ils faisaient de longues randonnées. Ces soldats citoyens n'étaient pas en service tous les jours. Mais nul ne manquait à une convocation, l'inflexible discipline romaine les enserrant tous de ses mailles étroites.

Un officier supérieur vint faire une inspection, se montra satisfait, et invita Publius Corlian à se présenter le surlendemain avec ses hommes au Consul lui-même, qui depuis six jours campait au Champ de Mars avec deux légions.

Le jeune officier passa une journée en préparatifs.

Le soir venu, à la douce lumière qui tombait
d'une lampe à huile à trois becs d'argile, Publius
Corlian et sa mère échangeaient leurs pensées.
Lui, songeait à la guerre maintenant inévitable,
et l'âpre Romaine se demandait comment pros-
pèrerait le domaine familial une fois son fils aîné
parti. Elle faisait des comptes : tant pour l'huile,
tant pour la vigne et les oliviers, tant pour les
moutons et les champs de blé. Le vieil intendant
était trop débonnaire, les esclaves engraissaient
à ne rien faire, les débiteurs ne payaient plus exactement leurs redevances, tout dégénérait, la vigne
du pré autrefois si belle n'annonçait plus qu'une
faible récolte, la faute en était à l'esclave chargé
de la tailler qui avait oublié d'enduire sa serpe de
graisse d'ours. Qu'attendre, d'ailleurs, en un temps
où personne n'honorait plus les dieux? Il ne
servait de rien de leur élever des temples magnifi-
fiques qui disaient plutôt la vanité des Consuls
que leur piété. Au bon temps de jadis il n'était
besoin ni de statues d'airain ni de temples de
marbre; une botte de foin fixée au sommet d'une
fourche était l'image de la toute-puissante Cérès,
et jamais autant qu'à cette époque la blonde déesse
n'exauça ses fervents.

Publius Corlian répondait que sans doute un
peuple est grand à proportion du culte rendu aux
Immortels, car ils passent avant tout. Bien des
choses étaient blâmables à Rome, mais elle n'en

possédait pas moins d'éclatantes et constantes
vertus. Il recommandait en son absence de ne
point négliger les sacrifices, pour le reste de s'en
remettre à l'intendant, qui, avec bien des défauts,
avait aussi des mérites.

Au jour levant, le jeune officier se mit en selle
et rejoignit ses hommes. L'heure était lumineuse
et douce. La longue colonne suivit d'un pas vif
la grande route qui menait au Champ de Mars;
dans les champs, les rustiques interrompaient leurs
travaux pour la voir passer. Casques et cuirasses
resplendissaient au soleil. Ils parcoururent plusieurs milles parmi les champs où l'on cultive le
millet, l'orge et l'épeautre. Publius Corlian commanda une halte, fit rectifier l'ordonnance. Ils
pénétrèrent sur le Champ de Mars. Il arrêta sa
troupe, lui fit faire face à gauche, le dos au soleil,
commanda à ses hommes de rompre les rangs,
et se dirigea au galop vers le camp du Consul. Un
officier d'État-Major vint à sa rencontre et le prévint qu'il ne serait reçu qu'après la revue. Publius
Corlian mit son cheval au pas et utilisa les loisirs
qui lui étaient offerts pour visiter le camp.

Le Consul, en guise d'exercice, avait fait élever
par ses deux légions un camp posé d'après les principes les plus rigoureux de l'art militaire. Il était
carré, chacun de ses côtés mesurait environ neuf
cents pieds; un fossé large de quinze pieds et profond de dix l'entourait; du côté du camp, la terre.

rejetée, formait un talus raide, haut de six pieds
environ, que couronnaient des palissades, des
claies et des gabionnades solidement assemblées.
Ce chemin couvert, précédé de son large fossé,
formait une fortification puissante qu'on ne pouvait avoir la prétention d'enlever sans se livrer à
une attaque régulière. Chacun des quatre côtés
possédait une vaste porte précédée d'un tambour
palissadé. La porte décumane et la porte préto-
rienne (celle-ci faisant face à l'ennemi), tout
comme la porte principale de droite et la porte
principale de gauche, avaient une garde permanente sous les ordres d'un sous-centurion. L'in-
térieur du camp était divisé en sept rues; la plus
large avait cent pieds environ, elle mettait en
communication les deux portes latérales et passait devant le prétoire. Plus loin et parallèlement,
la voie quintania, large de moitié, partageait la
partie supérieure du camp en deux sections égales,
subdivisées par cinq rues, toutes de même longueur, qui recoupaient la via quintania à angle
droit.

Sur le prétoire s'élevait la tente du Consul,
ronde, haute et vaste; à main droite on voyait
le forum, à main gauche le questorium, de part
et d'autre se dressaient les tentes ornées de faisceaux de javelines de la cavalerie et de l'infanterie
d'élite, en service permanent auprès du Consul.

En avant s'alignaient les tentes des tribuns et

des prefecti sociorum. Entre les rues, de part et
d'autre de la via quintania campaient les deux
légions, la première à droite, la deuxième à gauche.
Les hommes étaient distribués par escouades de
six, sous de petites tentes pyramidales. Les hastati, les principes et les triarii campaient dans
leur ordre de bataille. Aux ailes, les tentes de la
cavalerie : plus loin les chevaux à la corde. A l'autre
bout du camp se trouvaient quelques forces alliées
arrivées depuis peu et qui avaient dressé leurs
tentes entre le parc à fourrage et les magasins à
vivres. Publius Corlian remarqua autour du camp
un boulevard découvert large de cent vingt pieds,
qui mettait les troupes à l'abri des traits et facili-
tait aussi leurs mouvements. Au pas souple et
long de son cheval il continuait à inspecter le
camp ; il n'en avait jamais vu de mieux aménagé,
tout y reflétait une minutieuse discipline. Les
tentes soigneusement dressées, solidement encadrées dans leurs cordages raidis, s'alignaient dans
un ordre impeccable et rigoureux ; les rues étaient
balayées et arrosées ; les armes brillantes se dressaient en faisceaux ; les chevaux à la corde montraient des croupes luisantes de graisse.

Corlian observa les légionnaires qui se hâtaient
vers la porte décumane. Avec cette différence que
les hastati étaient plus complètement armés que
les principes, mieux garantis eux-mêmes que les
triarii, ils portaient généralement tunique courte,

culotte de cuir, vareuse de laine; un casque bas coiffait étroitement leurs têtes; les épaules, la poitrine et le ventre étaient défendus par une cuirasse aux minces plaques d'acier imbriquées qui glissaient les unes sur les autres pour faciliter les mouvements du corps. Ils avaient au bras un grand bouclier oblong, dont la couleur différenciait les légions, orné au centre de foudres dorées serpentant autour de l'umbo de bronze, et d'autres ornements encore suivant les manipules; leur main droite était armée du pilum, le court glaive luisait à leur flanc droit. Ils allaient au son des buccines, faisant résonner le sol sous le talon ferré de leurs hautes bottines militaires. Une troupe de vélites suivait. Ils portaient un casque sans cimier, une épée courte, un bouclier rond ayant trois pieds de diamètre et un paquet de javelots dont le bois avait deux coudées de long et un doigt de grosseur.

Hors du camp un grand mouvement se produisait dans la foule des spectateurs. Publius Corlian y courut.

Une légion en ordre de bataille s'exerçait, elle avançait d'un pas rapide et cadencé.

L'immense foule venue de Rome acclamait ses mouvements rapides et précis. Une poussière lourde flottait.

Des sonneries s'élevèrent; la légion qui manœuvrait fît une conversion à gauche, défila par le flanc et s'immobilisa. Des escadrons sortis du camp approchaient, des vélites armés de javelots courts firent ranger les spectateurs. Le Consul allait passer ses troupes en revue.

De tous ses yeux, Publius Corlian regardait cet ordre, cette discipline, ce silence impressionnant.

Les centurions, de vieux officiers blanchis sous le harnais et dont ce grade constituait la plus haute récompense, circulaient sur le front de la troupe, rectifiaient l'alignement, veillaient à la discipline. Parfois ils détachaient de leur flanc un cep de vigne et en frappaient rudement les légionnaires. Cette vitis honorata étant consacrée à Bacchus, ces coups ne déshonorent point. Parmi ces soldats il y avait de vieux troupiers aux cheveux grisonnants, au menton calleux et orné de caroubes, à la bouche édentée; on en voyait de très jeunes que le vent et la pluie des étapes n'avaient pas encore brunis.

Devant le front de chaque légion passaient et repassaient à cheval les officiers supérieurs et le haut État-Major, les tribuns, le questeur et leurs lieutenants, rutilants et superbes sous leurs casques à grands panaches rouges et leurs cuirasses dorées; de vastes manteaux de pourpre les enveloppaient. Ils étaient jeunes, n'avaient jamais fait la guerre, devaient leur grade, à leur naissance, à leur fortune, à la politique.

Au-dessus des rangs, parmi la forêt luisante des

pila se haussaient les enseignes de chaque légion.
Au bout des hampes, on voyait les médailles qui
rappelaient les victoires, avec des guirlandes de
fleurs, et aussi les vexilla pourpres de chaque manipule portant dans leurs plis quatre lettres d'or :
S. P. Q. R.

A droite et à gauche des lignes d'infanterie,
étincelaient les cuirasses des cavaliers sous les
grands manteaux verts à bordure rouge.

Plus loin une forêt de bras garnis d'airain, de
mâts, d'échelles, de poutres, de cordages, de roues
énormes. C'était le parc d'artillerie, avec ses catapultes, onagres, béliers, scorpions, balistes,
carobalistes et autres engins redoutables. Des
soldats spéciaux, sapeurs, charpentiers, mineurs
et forgerons, les entouraient sous les ordres du
Prefectus fabrorum. Plus en arrière Publius Corlian avisa des troupes d'infanterie alliées composées
surtout d'archers et de frondeurs; des officiers
romains les encadraient.

Maintenant il embrassait la légion dans son ensemble et devenait pensif. Une moite chaleur
monta à son visage, ses yeux se fermèrent. Il
comprit quelle chose profonde et extraordinaire
était la puissance romaine. Son cœur s'enfla
d'enthousiasme.

Soudain éclatèrent les fanfares de la cavalerie;
les cors des légions lancèrent leurs appels stridents,
les litui longs comme des lances poussèrent leurs

notes aiguës et frémissantes. Des commandements retentirent de ligne en ligne, les officiers à cheval placèrent leurs chevaux; les rangs prirent une attitude rigide, les pointes étincelantes des pila s'immobilisèrent, haut dressés les vexilla claquèrent dans le vent.

Du camp romain accourait une escorte de cavalerie. Elle passa. Au milieu des officiers qui l'entouraient Publius Corlian discerna un homme dont les cheveux blancs dépassaient en boucles le casque bas, et qui portait cuirasse dorée et jupe rouge. Il regarda plus attentivement cette face glabre, vieillie, aux plis accusés, et reconnut le consul Quintus Scipion.

La revue achevée, le Consul accueillit en quelques brèves paroles Publius Corlian dont il prisait fort la famille, inspecta ses soldats, se montra satisfait de leur instruction, de leur équipement, et enjoignit au jeune officier de réunir ses hommes périodiquement pour les tenir en haleine. On n'avait d'eux nul besoin immédiat. Après quoi, les officiers supérieurs rassemblés sur le prétoire, le Consul leur conta brièvement les derniers événements. L'ambassade romaine présidée par Quintus Fabius était partie pour Carthage afin de demander réparation pour les événements de Sagonte. Les députés romains avaient demandé au Sénat de Carthage l'extradition du général coupable d'avoir attaqué Sagonte et celle des gérousiastes présents au camp. Devant la mauvaise foi des Carthaginois qui ergotaient et refusaient de prendre une décision, Quintus Fabius levant le coin de son manteau avait déclaré que la guerre ou la paix était dans ses plis. Gérousia avait à choisir.

— Choisissez vous-même! s'étaient écrié les Phéniciens.

Et, laissant retomber son manteau :

— Eh bien, la guerre! avait répondu Fabius.

En retournant chez lui, Publius Corlian se dit qu'en perdant près d'un an en Espagne autour de Sagonte, Annibal Barca, le général carthaginois qui commandait là-bas, avait fait montre de petites qualités militaires... Il songea alors à se fiancer à Terencia Cecilia... Ceci ne souffrait nulle difficulté. Oui, mais la guerre!

Le temps passait, les jours succédaient aux jours. Publius Corlian était fort tranquille dans son domaine, ni lui ni ses hommes n'étaient mobilisés. La guerre avait commencé mollement et se traînait. On parlait vaguement d'opérations militaires projetées en Espagne, d'une concentration de troupes en Sicile, des affaires d'Illyrie qui allaient bien, des Gaulois de la Cisalpine qui donnaient des inquiétudes, enfin du consul Scipion, parti pour l'Èbre, disait-on, avec son armée, et dont on n'avait aucune nouvelle. Puis il se fit un grand silence et il sembla que systématiquement le Sénat ne voulût rien dire. Cette absence de nouvelles devenait angoissante...

Ce soir-là, appuyé sur un bâton branlant, Quintus Fabius vint faire visite à Publius Corlian. Il était de retour à Rome depuis peu. Publius Corlian l'interrogea.

— Que sais-tu, père?

Le vieillard baissa la voix.

— Il se passe des événements graves. Les mois s'écoulent, le divin Bacchus succède à la chaste Cérès, on ne nous dit rien, mais tout se sait tout de même. Les Carthaginois sont sortis de l'Espagne, à leur tête marche leur plus fameux général, Annibal fils d'Hamilcar. Ils ont franchi l'Èbre et les Pyrénées..., oui, les Pyrénées, puis, passé le Rhône, et, gardé ceci pour toi, ont livré bataille à la cavalerie de Scipion.

— Ils veulent s'emparer de Marseille et s'y créer une base. C'est la seule signification de cette expédition dans les Gaules.

— Je l'ignore. En tout cas, depuis ces nouvelles, on ne sait rien de précis. Des marchands phocéens arrivés il y a cinq jours de Marseille, où se trouvait Scipion, disent que l'armée punique a disparu.

— Oui, c'est inquiétant, heureusement l'Italie est parfaitement à l'abri, une seule route — souvent simple sentier — mène de Marseille à Gênes par Nice et les comptoirs phéniciens de la côte; or ce passage notre flotte le commande, quant au rempart des Alpes, Annibal ne risque pas de le forcer.

— Il lui faudrait des ailes, nous sommes bien tranquilles de ce côté. Mais par Hercule! que veut-il faire?

Accoudés à la massive table de bois brun, les deux hommes réfléchissaient. On n'entendit plus que les reprises mugissantes de l'éternel vent du nord et les crépitements sonores de la pluie. Soudain on heurta à la porte. Un esclave introduisit un cavalier du Sénat trempé jusqu'aux os, le manteau collé au corps. Il s'adressa à Publius Corlian :

— Il n'y a pas un instant à perdre, d'ordre du Consul, rassemble tes hommes. Dès que tu les auras réunis, en route pour le Champ de Mars. Ayez des vivres pour huit jours.

— Que se passe-t-il pour qu'on fasse courir le pauvre monde par un temps pareil? Parle, qu'as-tu à nous apprendre.

— Une grave nouvelle : Annibal a franchi les Alpes. Ses cavaliers se répandent dans la Cisalpine, ils sont nombreux comme les étoiles, une infanterie innombrable les suit, dans la nuit, on voit flamber les villages de nos alliés.

— Annibal a donc des ailes? demanda ironiquement Corlian à Fabius.

— Nous les lui couperons, répondit le vieillard

d'un ton sec; bataille, soit! Après tout, vos glaives s'ennuient aux fourreaux.

L'envoyé du Sénat ajouta avec inquiétude :

— Le Suffète a traversé des montagnes de glace réputées infranchissables, il a conduit son armée par des gorges affreuses, où les montagnards eux-mêmes ne se sont jamais aventurés, ses mercenaires semblent être de fer.

— Eh bien, nous leur montrerons que nous sommes d'acier.

Et Quintus Fabius, debout, posa dans un geste affectueux sa forte main sur l'épaule de son jeune ami.

— Écoute, voici l'heure décisive annoncée par les dieux. L'ennemi foule notre sol, il ne s'agit plus de combattre pour l'empire du monde, mais de sauver nos foyers.

CHAPITRE II

PAR MONTS ET PAR VAUX

Magon piqua des deux et rejoignit son avant-garde. Les cavaliers avaient fait halte autour du capitaine Photidès : la main tendue, d'un geste large, il désignait la cité au général carthaginois :

— Regarde, voilà Béziers.

Magon vit, à deux mille pas devant lui, une ville dont les blanches maisons aux toits plats en tuiles brunes, descendaient d'un haut coteau abrupt jusqu'à une rivière dont le cours paisible défendait les murs de sa boucle raccourcie. Elle était le large fossé d'une fortification gauloise de médiocre élévation, mais solide, aux grosses tours hérissées de fortes poutres.

La position était forte; aux rayons du soleil couchant des armures étincelaient sur les tours. Magon jeta un ordre :

— Nous camperons ici.

Des chevaux s'enlevèrent, les officiers numides

partirent à toute allure pour rejoindre les escadrons. Dans la rapidité de leur course leurs blancs manteaux claquaient au vent. Le général interpella un jeune officier phénicien.

— Sisbée, galope jusqu'au Suffète, tu le trouveras sur la route de Narbonne. Dis-lui que je suis devant Béziers, la position est forte et paraît occupée. Ainsi qu'il le désire je vais tenter de négocier le passage, Photidès va partir pour la ville. As-tu bien compris?

Sisbée inclina la tête, son cheval fit demi-tour sur les hanches et partit à toute allure.

Cependant, par petits groupes, les cavaliers numides débouchaient. C'étaient des hommes minces et souples, très bruns, coiffés de bonnets blancs que des paquets de corde serraient sur les tempes, les officiers portaient des aigrettes en plumes d'autruche, tous étaient vêtus de tuniques brunes et de manteaux blancs doublés de rouge, chaussés légèrement de sandales de corde à longs éperons de fer. Comme armes, un bouclier rond en peau de bœuf tannée, une longue lance, des javelines. Ils maniaient avec adresse leurs petits chevaux pleins de feu qui obéissaient à la seule pression des genoux, se cabraient, ruaient et mordaient. En un instant le camp de la cavalerie fut dressé. Les chevaux mis au piquet, les tentes coniques se déployèrent, des hommes allèrent au bois, d'autres broyaient déjà le grain dans les mortiers de buis, des feux s'allumaient.

Magon avait mis pied à terre, et tout en sapant à petits coups de son bâton de commandement la tête des hautes herbes, il s'entretenait avec le capitaine Photidès. C'était un Grec au teint très blanc, aux cheveux châtains déjà grisonnants, aux yeux mobiles dans un visage pétillant d'audace et d'astuce. Il pouvait avoir cinquante ans. Depuis son jeune âge au service de Carthage, après avoir porté le manteau court des philosophes, il avait suivi la fortune de ses armées en attendant l'occasion de faire la sienne. Quelle que fût l'élasticité de sa morale et de son caractère, son dévouement à la famille des Barca semblait grand. Aussi l'employait-on volontiers, car tous prisaient ses connaissances et ses talents.

— Tu te crois sûr de réussir?

— Oui, Seigneur.

— Cependant nos derniers émissaires disent que ces Volces n'ont pas accueilli comme nous l'espérions nos ouvertures; ils ne verront pas avec plaisir une grande armée s'engager sur leur territoire. Résisteront-ils?...

— S'ils résistent ce sera tant pis pour nous, car ils sont braves et la position est forte, mais, je te le répète, mon moyen est sûr.

— Que Moloch et Tanit t'entendent! Mais ton escorte est rassemblée.

— Ainsi, pleins pouvoirs, Seigneur?

— Pleins pouvoirs, sois adroit et persuasif;
quant à la récompense...

— Nous en parlerons plus tard, je sers en haine
des Romains, tu le sais.

Un sourire erra sur les lèvres épaisses du jeune
frère d'Annibal, il salua de la main l'officier grec,
et revint vers son camp où il s'activa à faire placer
les grand'gardes.

Le capitaine Photidès parvint au bord du fleuve
avec ses cavaliers d'escorte. Des groupes
d'hommes armés étaient sur la rive opposée et
garnissaient le sommet des remparts. Les Carthaginois leur firent des signes au moyen de longs
rameaux ornés de bandelettes. Une embarcation
biterroise traversa le fleuve.

Béziers est une petite cité, fière de la richesse
de son territoire, où l'on récolte en abondance
l'olive, où des vignes vigoureuses s'étagent sur
les coteaux. Elle fait le commerce des moutons
avec les Cévennes et trafique par Agde avec les
villes lointaines de la Grèce et de l'Égypte. L'or,
très abondant dans les Gaules, a un marché à
Béziers. On y voit aussi les amphores harmo-
nieuses de la grande Grèce, les pots de l'Étrurie,
les blés africains, et même ce suc du doux roseau
venu de l'Inde, denrée médicinale qui se paye son
poids d'or. Actifs et travailleurs, les Biterrois
cultivent bien leurs champs, ce sont d'adroits
commerçants, ils sont assez braves à la guerre

pour que leur territoire soit respecté. Dans le
commerce, cette cité a appris à aimer les arts,
aussi y voit-on de riches édifices et de belles de-
meures. La ville n'est plus gauloise que de nom.
On y parle couramment le grec et les principaux
de la cité savent le latin.

Photidès vit la milice sous les armes; le costume
et l'allure de certains guerriers lui révélèrent que
la ligue gauloise dont Béziers est la tête lui avait
envoyé ses forces locales. En cas de siège, l'armée
punique dépourvue de machines de guerre serait
aux prises avec de grandes difficultés. Confiant
en son astuce il demanda à être introduit dans le
Sénat. La nuit venait, mais on accéda à ses désirs.
Assis sur leurs sièges de bois, les chefs gaulois siégeaient en armes et en grand costume de guerre;
ils écoutèrent l'envoyé d'Annibal. Il s'exprimait
en grec.

Il fit d'abord l'éloge de leur nation. Carthage
voulait vivre en paix avec les Volces, ils n'avaient
à redouter nulle domination de sa part, elle voulait seulement commercer librement avec eux et
leur offrir des sources de profit. Au contraire, ils
avaient tout à craindre de Rome qui ferait de
toutes les nations, si on n'y mettait obstacle, des
sujettes du peuple roi. Puis il parla de l'armée qui
campait sous les murs de la ville. Il s'animait :
du Pont-Euxin aux colonnes d'Hercule, le monde
entier était avec eux. Il décrivit cette armée in-

nombrable faite de cent peuples divers, il parla
de son chef, un homme plus grand que les Pyrénées entassées sur les Alpes. Annibal venait en
ami des Gaulois. Il désirait les voir se constituer
en grande nation. Photidès s'étendit longuement
sur l'avenir du Panceltisme. Finalement il demanda libre passage contre une somme d'argent.
Les soldats payéraient exactement tout ce qu'ils
prendraient, et observeraient la plus stricte discipline; et puis, en souriant :

— Pourquoi ces vaillantes épées que je vois
ici resteraient-elles au fourreau, notre cause est
la vôtre. Je vous le jure, vos frères de la Cisalpine
s'apprêtent à nous seconder, ne vous joindrez-
vous pas aux autres Celtes, qu'attendez-vous
pour en finir avec l'avidité romaine?

Les Biterrois parlent bien, ils discutèrent avec
abondance... Les avis s'entre-croisaient et se heurtaient. Le Panceltisme trouvait la plupart de ces
hommes indifférents. Un seul fait dominait la
discussion : Annibal était aux portes de Béziers;
il fallait prendre une décision. Finalement on
promit à Photidès de lui donner une réponse le
lendemain à la première heure, après que, suivant
un usage immémorial, les femmes des chefs auraient délibéré, elles aussi, sur ce grave sujet et
donné un avis à leurs maris. Une flamme aiguë
brilla dans les yeux de l'officier grec, il l'éteignit
en abaissant ses longs cils et s'en fut prendre gîte

chez l'optimate Cot qui arrivait d'Italie et dont il connaissait de longue date le beau-père. Photidès dans sa jeunesse avait été envoyé à Agde par Hamilcar pour y diriger un service de renseignements.

Avec de grands compliments Cot fit conduire Photidès à sa demeure, où sa femme l'attendait, et il resta à délibérer avec les principaux de la ville.

A la lueur des torches Photidès pénétra dans la maison du noble Gaulois qui'était construite à la grecque. Il en salua les dieux tutélaires; la femme de son hôte, la belle Alvita, vint au-devant de lui. C'était une Grecque aux cheveux blonds, elle portait le costume drapé des femmes de son pays. Photidès l'avait connue à Agde alors qu'elle était encore enfant, il la loua d'être devenue si belle, et d'avoir épousé un puissant personnage.

Deux hommes de son escorte suivaient le Grec, ils déposèrent dans la première pièce des sacs et se retirèrent.

L'officier punique développa à l'aide des artifices du divin Ulysse, son patron, les arguments exposés devant les chefs assemblés pour qu'on laissât passer l'armée phénicienne. Après quoi il entama l'éloge d'Annibal, faisant grand étalage des immenses richesses du Suffète, qui battait monnaie d'or à son effigie, et vantant sa générosité.

Il ouvrit les sacs : de riches parures en sortirent, des tissus ouvragés avec un art miraculeux, des étoffes légères, transparentes et fines, de beaux colliers d'argent où luisaient les turquoises, des bagues d'or, des coupes ciselées, des peignes en écaille. Oui, tout cela pour Alvita et ses belles amies, les femmes des chefs gaulois, si elles obtenaient qu'on laissât passer l'armée. Et comment pourraient-elles ne pas défendre la cause d'Annibal, d'un homme aussi riche et aussi généreux, qui transportait sur ses éléphants les trésors de l'Afrique et de l'Asie, en attendant ceux de Rome. La conquête de Rome! Des braves comme Cot n'y participeraient donc pas? Quel riche butin!

— Je te vois, divine, après la victoire, souveraine et maîtresse dans une villa romaine!

Il riait en parlant ainsi, et tour à tour éloquent, persuasif et caressant, obligeait la jeune femme à emporter les richesses offertes par le Suffète dans ses appartements.

Cot vint à son tour, on parla politique et guerre...

Cependant, dès l'aube, l'assemblée des femmes se tenait chez la belle Alvita, et Photidès put connaître promptement l'effet de ses présents. A la quasi-unanimité les femmes décidèrent qu'il fallait laisser passer le général phénicien. Plus d'une, non contente de ranger son mari à son avis, l'excitait à se joindre à cette expédition qui allait à la conquête des trésors fabuleux de l'Italie.

Dans l'après-midi du même jour, Photidès rejoignit Magon, il fut comblé d'éloges, et le soir même, passant l'Orb à gué, la cavalerie numide cantonna à Béziers. Le lendemain la masse principale de l'armée phénicienne vint camper sur la rive droite de la rivière. Les chefs gaulois qu' tenaient à voir et à comprendre avant de se décider, furent admis à visiter les bivouacs.

Ils vinrent au grand matin, sans autres armes que leurs larges ceintures de bronze, leurs casques aux hautes cornes, aux grandes ailes déployées, leurs longues épées de fer.

L'armée carthaginoise était forte de cinquante mille fantassins et de dix mille cavaliers. Après avoir soumis la région de l'Èbre et la Catalogne, Annibal avait laissé en Espagne pour y consolider son royaume une grande partie de ses troupes, ne conservant avec lui que ses vétérans et ses bataillons d'élite. Il comptait se renforcer en cours de route parmi les Gaulois et les mécontents, en attirant sous ses enseignes tous les ennemis de Rome; d'ailleurs il avait une confiance plus grande dans son génie que dans le nombre de ses soldats.

Les chefs gaulois visitèrent les camps. Leurs femmes vinrent les retrouver, et, plus curieuses que leurs maris, elles poussaient des exclamations, de grands cris et des éclats de rire, à la vue de cette armée où tout était nouveau pour elles, la

race des soldats, leurs armures, leurs vêtements,
leurs mœurs et leur langage.

Les Gaulois visitèrent d'abord l'infanterie lybienne, portant cuirasse de fer sur tunique de cuir,
armée de boucliers ronds, de longues piques et de
lourdes épées, à un seul tranchant. Elle pouvait
compter dix mille hommes.

Puis vinrent les tentes soigneusement alignées de
l'infanterie carthaginoise proprement dite, comptant quatre légions de cinq mille hommes chacune, équipés et armés à la romaine, avec des chevaux de cuivre sur des boucliers de bronze. Là
servaient les riches héritiers des grandes maisons
carthaginoises; parmi ces jeunes gens beaucoup
appartenaient à des familles qui tenaient pour le
parti de la paix, c'étaient autant d'otages entre
les mains du Suffète. Plus haut s'étageait le camp
de l'infanterie espagnole, elle était forte de dix
mille hommes montrant cuirasses de buffle sur
tuniques blanches bordées de pourpre, boucliers ovales, courts glaives d'acier, piques de bois
à la pointe durcie au feu. Ils virent ensuite des
groupes d'infanterie celtique et encore des Cappadociens et des Lusitans, des Cantabres armés de
massues de chêne. Puis des guerriers vêtus de
tuniques blanches à larges manches, chaussés de
sandales de corde, ayant au flanc une besace
pleine de balles de plomb et d'argile, un coutelas
à la ceinture, une fronde dans la main, une autre

liée autour des tempes; c'étaient les frondeurs baléares.

Plus loin, assis sur des murs de pierres sèches, jambes ballantes dans des molletières d'étoffe aux couleurs voyantes, coiffés de chapeaux de paille, vêtus de jupes blanches tuyautées, long arc à la main, carquois au dos, les archers crétois.

Dans une olivette un petit corps d'infanterie pesamment armé, avec hautes cuirasses, jambières de fer, grands boucliers, casque proéminent, longues piques et formidables épées : les hoplites grecs au service de Carthage. Parmi eux se recrutaient généralement les officiers d'état-major ; beaucoup de jeunes gens d'origine carthaginoise venaient y faire un stage. La Grèce était pour les Puniques une pépinière de stratèges. Carthage devenait un des foyers de civilisation de la Hellade. Aussi depuis Xantippe les troupes mercenaires étaient-elles commandées en langue grecque. Bien que la présente armée fût à proprement parler plus nationale que les autres, par le nombre considérable de Carthaginois et d'alliés qui y servaient, l'usage établi par Xantippe avait été conservé par Annibal.

D'un vallon, des mugissements s'élevèrent, c'était le barrissement des éléphants. Avec un étonnement mêlé d'effroi les chefs gaulois et leurs femmes vinrent contempler ces énormes bêtes d'une férocité redoutable, gardées par leurs cornacs indiens, seuls capables de les dompter et de les conduire; ces hommes, venus du fond de la lointaine Asie, étaient entretenus à grands frais par la Gérousia.

Ces quarante-sept éléphants enchaînés par le pied à cause de leur indomptable sauvagerie, que leurs Indiens entretenaient avec soin, étaient autant de citadelles mouvantes que le Suffète pouvait lancer dans la bataille et qui feraient aisément brèche dans la ligne d'infanterie la plus solide. A leur vue les Biterrois ne doutèrent plus de l'heureuse issue de l'entreprise. Seul, Cot restait sceptique; il savait qu'employer les éléphants c'était user d'une arme à double tranchant; car par leur indocilité et leurs terreurs paniques ces animaux nuisent aussi souvent aux amis qu'aux ennemis. En suivant le cours de ses réflexions il songea que l'infanterie bigarrée d'Annibal était médiocre et disparate. Se disant Égyptiens, Gaulois, Cappadociens, Grecs ou Espagnols, il y avait, parmi les mercenaires, une tourbe d'aventuriers, de bandits professionnels, bâtards de toutes les races, écume et vermine de l'Europe, de l'Asie et de l'Afrique, gens de sac et de corde, depuis longtemps sans patrie, sans foi ni loi. Rien qui pût se comparer aux splendides légions romaines, à cette armée de rudes paysans, encadrés par les grands propriétaires du Latium, qui semblait faire corps avec le sol qu'elle défendait. La vue des cavaliers changea le courant de ses pensées. C'était le plus magnifique corps de cavalerie qu'un homme de guerre pût contempler. Après les escadrons numides qui avaient hier ébloui Béziers, les yeux s'ouvrirent très grands sur ces cavaliers phéniciens aux cuirasses d'écaille. Auprès d'eux s'alignaient les cavaliers espagnols aux sombres cuirasses de cuir, armés de lances, de glaives, de javelines et de boucliers ronds. Tous montaient des chevaux magnifiques, pleins de feu et admirablement mis.

Photidès se tourna vers Cot :

— Tu le comprends, avec une cavalerie pareille les chevaliers romains ne nous importuneront pas longtemps. Privées de leurs ailes et de leurs éclaireurs, les légions n'auront qu'à s'enfermer dans les camps.

— Comme le hérisson qui est obligé de se mettre en boule et n'avance plus, répondit Cot.

Une clameur s'éleva. Quelques cavaliers carthaginois chassaient à grands coups de fouet la tourbe des soldats. Les chefs gaulois et leurs femmes se rangèrent précipitamment pour ne pas être bousculés. Un peloton de cavaliers numides débouchait en caracolant. Il passa. Un groupe d'officiers magnifiquement montés suivait : hauts casques empanachés, cuirasses d'or et d'argent, longs manteaux brodés descendant sur la croupe luisante des chevaux.

Montant un magnifique étalon espagnol alezan doré, parut un homme de taille moyenne, râblé et nerveux, portant une simple cuirasse taillée en plein buffle. Il était tête nue, et plus sobrement vêtu et équipé que le dernier des soldats de l'armée, n'était un magnifique glaive, à poignée d'ivoire et à fourreau d'or. Son visage encore jeune et fortement bruni était marqué par de profondes rides, un grand nez crochu surmontait des lèvres épaisses, sous un front vaste brillaient d'un éclat ardent deux yeux graves et mobiles qui semblaient ouverts sur les profondeurs insondables de la fortune et du destin. Ce personnage fixa les chefs gaulois. Instinctivement, ils baissèrent les yeux. Cot tressaillit et, se penchant vers Photidès qui s'inclinait respectueusement :

— Quel est cet officier?

Le capitaine grec répondit à voix basse :

— Annibal.

Cot sentit une émotion profonde l'envahir. Quel guerrier pouvait rester insensible au prestige du fils d'Hamilcar? Le chef gaulois sentait son glaive frémir à ses côtés; de ce camp montait une excitation ardente.

Béziers fournit au Suffète un corps de cavalerie de deux cents hommes. Ils s'engagèrent à servir pendant un an, moyennant des vivres journaliers, une solde mensuelle, et une part au butin. Le Sénat,

toujours prudent et comprenant peut-être que sous
ses blandices Annibal inaugurait la tutelle de Carthage sur le midi de la Gaule, déclina toute alliance
avec la République carthaginoise, accordant sim-
plement libre passage à l'armée phénicienne
moyennant une redevance. En cas de conflit
entre Carthaginois et Barbares, le tribunal serait
celui des tribus, et les femmes gauloises seraient
choisies comme arbitres. Poussé par l'ambition
de sa femme, Cot partit; Photidès en fit son
adjoint, et, tout en commandant les cavaliers
biterrois, il servit auprès de l'officier grec dans
l'état-major du Suffète. Riche, influent..., c'était
un otage... De plus, il avait des relations à
Rome...

L'armée suivait la belle route construite et en-
tretenue à grands frais par les compagnies commerciales. Par Agde et Nîmes elle mène de Béziers
au Rhône, en côtoyant les marécages du pays bas.
On faisait les étapes de grand matin, on campait
l'après-midi. Les peuplades celtiques accourues
en foule s'émerveillaient de ces soixante-mille
combattants défilant dans un ordre rigoureux,
de la richesse de leurs armes, de leur train de
combat, de la beauté de leurs chevaux, de l'étran-
geté des éléphants. Le passage se faisait sans
difficulté, deux fois seulement la cavalerie d'avant-
garde dut recourir à la force pour s'ouvrir des

villages fortifiés, en particulier Loupian. Partout ailleurs, la crainte, l'admiration, l'or, les complaisances secrètes, adroitement achetées sur l'heure, ou longuement négociées à l'avance par la sage prudence d'Annibal, aplanirent les difficultés. Le dernier des officiers comprenait maintenant qu'un obscur et patient travail diplomatique avait préparé les voies de l'entreprise. D'avance les itinéraires étaient jalonnés, les passages préparés; le génie d'Annibal avait tout calculé, tout prévu. La confiance de chacun grandissait sans cesse...

Photidès et Cot chevauchaient côte à côte dans la jeune clarté du jour. L'air était déjà brûlant à cette heure matinale, les deux cavaliers avançaient lentement sur la belle route toute blanche et craquante de poussière s'allongeant à perte de vue entre les vignes et les oliviers. A main droite, la mer faisait étinceler sa barre lumineuse; à gauche, on voyait s'iriser sous le ciel d'un bleu ardent la fine découpure des Cévennes sauvages et abruptes. L'officier grec contait à son compagnon la création du royaume d'Espagne par Hamilcar, sa mort prématurée, l'élévation d'Annibal par l'armée, et il exaltait le jeune général : une intelligence dérobée aux dieux; il savait tout, connaissait toutes les sciences et tous les arts, parlait sept langues, était habile à la médecine et à l'astronomie. L'activité de son intelligence était si vive qu'il écoutait des lectures en prenant son bain et portait sans cesse sur lui, même à la chasse, ses tablettes et son stylet. Au milieu des soins les plus graves il savait se ménager des loisirs pour écrire des livres et composer des tragédies. Il possédait les ultimes secrets de la stratégie et de la tactique. Un courage, une énergie, une endurance à toute épreuve, couchant sur la terre nue, roulé dans son manteau, comme le dernier des muletiers du train. Au combat le premier, le dernier à la retraite. Sage dans le conseil, fougueux dans l'action.

Photidès parlait du plan de campagne : en Afrique et en Espagne tenir la défensive, porter la guerre en Italie. Il décrivait le terrible siège de Sagonte où Annibal avait été blessé, la dure campagne sur l'Èbre où les indigènes avaient détruit près du quart de l'armée phénicienne et compromis un instant, par leur âpre résistance, le succès de l'expédition. Puis il parla du passage difficile des Pyrénées.

— Quand on approcha du sommet du Perthus, ajouta-t-il, et que l'armée comprit ses destinées, quelques désertions se produisirent, Annibal, de lui-même, licencia dix mille hommes de fidélité douteuse. Après quoi, paisiblement campés à Illibéris, nous avons attendu l'issue des négociations engagées avec vous autres, Gaulois. Les cinq ambassadeurs romains, au retour de Carthage, étaient venus vous presser de nous barrer la route, mais vous étiez trop fins pour ne pas voir où était votre véritable intérêt. Les Marseillais ont mieux reçu les Sénateurs, mais eux, ce sont uniquement-des, commerçants; donc gens habitués à ménager tout le monde. Que vaudra leur fidélité à l'alliance romaine? je ne sais; avec nos premières victoires, bien des choses changeront!

Au cours des étapes, le Suffète offrait fréquemment une place dans sa litière dorée à Marko-Ibas. C'était un des plus riches marchands de la confrérie des Syssites. Il avait fait une prodigieuse fortune dans le commerce avec les Indes. Grand adversaire des Romains, fort admirateur des Barca, cet homme puissant, qui était aussi un savant homme, avait accepté une tâche fort lourde : l'organisation et la direction du ravitaillement de l'armée. Chaque jour les estomacs avaient ces besoins impérieux. Le Suffète savait mieux que personne comment la maladie et les désertions déciment plus sûrement les armées mal nourries que les glaives et les javelots; il avait coutume de dire que son intendant remportait journellement de brillantes victoires. Aussi, tandis que la somptueuse litière passait en se balançant au rythme cadencé de ses porteurs nubiens, les soldats voyaient-ils fréquemment, sous les rideaux de pourpre relevés, le Suffète et l'intendant de l'armée phénicienne, penchés sur leurs tablettes et papyrus et tenant d'interminables conférences...

Vers le milieu de ce jour, le gros de l'armée serra sur l'avant-garde et fit halte sur la rive droite du Rhône. Large, rapide, profond, le fleuve coulait d'un seul bloc; sa vue impressionnait. C'était l'époque de l'année où les eaux sont le plus basses, l'armée se trouvait arrêtée à l'endroit où le fleuve n'ayant qu'un seul bras, il serait plus facile de le traverser. Les Numides découvrirent quelques embarcations de pêcheurs sur les rives, ils s'y embarquèrent. Parvenus au milieu du courant, ils aperçurent sur l'autre rive des cavaliers. Les officiers du Suffète se mirent à la recherche d'embarcations et les payèrent à prix d'or aux pêcheurs. Alors un espion grec, arrivé par la rive droite, vint renseigner Annibal : la masse principale de l'armée romaine avait débarqué dans un petit golfe à l'embouchure de la branche orientale du Rhône; le consul Scipion, accompagné d'un détachement, était à Marseille.

L'armée romaine était concentrée à moins de quatre jours de marche du lieu où l'on se trouvait; elle était forte de vingt-deux mille hommes d'infanterie et de deux mille cavaliers. Marseille, colonie grecque comme Agde, avait comme elle, une amitié douteuse pour ses alliés romains, mais dans le fond n'en était pas moins hostile à Carthage sa grande rivale commerciale.

Bras croisés, les yeux fixés sur le fleuve, Annibal méditait, debout sur un tertre. Il avait

à faire passer d'une rive à l'autre une armée immense, pourvue d'une cavalerie nombreuse, et
plus de quarante éléphants. Cela sous les yeux
d'un ennemi dont il ignorait les forces exactes, car
à cette heure, les tribus gauloises campaient sur
l'autre rive et semblaient vouloir faire le jeu des
Romains ou tout au moins défendre l'accès de
leur propre territoire. Après avoir longuement
médité, le Suffète donna des ordres : ses soldats
abattirent des arbres, d'immenses radeaux s'ébauchèrent; les pionniers établirent une estacade
de trois cents pieds de long pour le passage des
éléphants.

Dans la nuit du même jour, une division légère,
sous les ordres d'Hannon, fils de Bomilcar, se rendit à marche forcée à quarante mille pas en amont
du fleuve. A l'aide de nacelles trouvées sur les rives
et de radeaux de fortune, grâce à une île, et au
dévouement des Espagnols qui traversèrent le
fleuve à la nage, nus et appuyés sur leurs boucliers, soutenus par des outres gonflées de vêtements, Hannon parvint à jeter sans combat ses
troupes d'une rive à l'autre. Dans le milieu du
jour suivant, il manœuvra pour tourner la milice
gauloise campée en face d'Annibal. Chaque nuit,
à l'aide de signaux lumineux, il correspondait
avec le Suffète. A l'aube du cinquième jour depuis
l'arrivée au Rhône, le quatrième après la marche
de flanc d'Hannon, de grands feux allumés indi-

quèrent à Annibal que ses ordres étaient exé-
cutés. Il donna le signal du passage. A force de
rame et de perche ses embarcations et ses radeaux,
pesamment chargés, commencèrent à gagner la
rive gauche du fleuve. Les Gaulois rangés en ordre
sur la berge provoquaient déjà les Puniques au
combat, lorsque Hannon et les siens se précipitèrent avec de grandes clameurs sur le camp gaulois et y portèrent les flammes. Surprise et tournée,
la milice celtique s'enfuit, et le passage de l'armée
carthaginoise s'effectua peu à peu, non sans de
gros accidents. Des embarcations chavirèrent, des
radeaux entraînés par la violence du courant se
fracassèrent sur les rives, il y eut de nombreux
noyés. Le chef gaulois Magyl, un allié sûr, venait
d'arriver à l'instant; il insista pour qu'Annibal se
hâtât de gagner la vallée du Pô...

Dans Marseille alarmée, le consul Scipion, sacrifiant aux dieux, interrogeant les augures et les
devins, n'arrivait pas à prendre une décision. Cependant le sable coulait dans le sablier, et tandis
que le général romain se débattait dans ses hésitations, son audacieux adversaire poussait son avantage avec une rapidité foudroyante.

Semblant sortir enfin de son inaction, Scipion
envoya en reconnaissance un faible corps de
cavalerie. Orienté par deux Gaulois et des guides
marseillais, après avoir battu et taillé en pièces quelques pelotons numides, il poussa jusqu'aux envi-

rons des camps puniques, les reconnut, et fit retraite. Les Romains furent poursuivis par quelques patrouilleurs. Les escadrons de grand'garde accoururent à leur tour, sous les ordres d'Hasdrubal, beau-frère du Suffète ; parmi eux se trouvaient Photidès et Cot en exploration ce jour-là. L'officier supérieur commandant la cavalerie romaine pouvait faire sa retraite, il avait de l'avance et sa mission était remplie. L'orgueil l'emporta sur la prudence et le vrai sens de la guerre. Il accepta le combat...

La rencontre fut indécise, chacun retraita de son côté avec des pertes très élevées. Nul cavalier ne s'était rendu, et l'acharnement de cette affaire rendit pensif tout guerrier capable de réfléchir.

Cot, dont chacun avait pu admirer la bravoure, était légèrement blessé d'un coup de glaive à la lèvre inférieure. Il dit à Photidès :

— Nous marchons sur Marseille, n'est-ce pas ? Ce ne sont pas les deux légions romaines dont une de conscrits, dit-on, et les milices alliées, qui vont nous peser lourd.

Photidès réfléchit :

— Oui, Scipion nous offre l'occasion d'une belle victoire.

Du geste il montra la Crau à l'horizon.

— Quelle belle plaine pour déployer nos escadrons !... Cependant je crois le plan du Suffète bien différent. Ce matin, tu l'as vu, les ambassadeurs Boïens sont arrivés d'Italie, ils nous pressent de franchir les Alpes avant la mauvaise saison. Là-bas, derrière les montagnes, nous attendent les plaines les plus riches du monde, habitées par les ennemis acharnés de Rome. Aussi serais-je bien surpris si Annibal perdait son temps ici ; il doit avoir hâte de rejoindre dans la vallée du Pô nos alliés Insubres et Boïens qui nous appellent à grands cris. Dès ce soir, d'ailleurs, nous serons fixés...

Sur des radeaux de fortune, les uns petits, les autres immenses, grâce aux nombreuses embarcations trouvées ou fabriquées sur la rive droite, et à celles encore fournies par les villages terrifiés, l'armée, malgré de terribles accidents, continuait son passage. Annibal surveillait en personne ces opérations ; son esprit, qui embrassait les vastes combinaisons du temps et de l'espace, s'abaissait ici aux plus petits détails. Les éléphants habitués aux embarquements maritimes descendirent sans trop de peine de l'estacade sur les radeaux préparés pour eux, ainsi fut vaincue la plus grande des difficultés.

L'armée campa sur la rive gauche, juste ce qu'il fallait de temps pour remettre en ordre les unités mélangées par le passage, puis les camps furent levés, et les longues colonnes de l'armée punique, longeant la rive du fleuve, prirent leur route vers le nord, s'échelonnant sur les chemins poudreux, tout parfumés de myrte, de lavande et de romarin...

Le jour venait de poindre; l'arrière-garde, composée d'infanterie lybienne, se mettait en route, Un détachement de cavalerie espagnole et gauloise couvrait le mouvement. Photidès le commandait, Cot était auprès de lui en qualité de lieutenant. Soudain les éclaireurs agitant leurs armes poussèrent un grand cri :

— Les Romains!

Les deux officiers se haussant sur leurs selles regardèrent; sur la plaine pierreuse, dans la direction de Marseille, deux serpents d'acier luisaient en s'allongeant.

— Les légions, dit Photidès à son compagnon.

— Il n'est plus temps!

— Oui; admire la lourdeur de ces bouviers du Latium. Tu sais nos difficültés en Espagne, ces lenteurs auxquelles le génie d'Annibal ne pouvait rien. Avec un peu d'áctivité les Romains avaient cinquante fois le temps de secourir Sagonte et de nous mettre dans un cruel embarras. Ils pouvaient encore arriver à temps pour nous disputer le passage de l'Èbre ou celui des Pyrénées.

— Certes, ou débarquer à Agde pour prononcer

une attaque de flanc sur une armée échelonnée en plusieurs étapes.

Photidès sourit :

— Doucement, ami, doucement, ta jeunesse te mène trop loin! Ne confondons pas la stratégie et la tactique. En principe, une attaque de flanc sur une armée, s'allongeant interminablement sur une seule route, est chose séduisante. Mais lorsque, avant de prononcer cette attaque, il faut débarquer dans un port qui, sous des dehors amicaux, a des sentiments douteux, enfin lorsque cette opération, toujours délicate du débarquement, se fait en présence d'une armée aguerrie commandée par Annibal, tout change, ce qui semblait stratégiquement logique, devient une folie tactique. Tu admires l'ampleur des plans du Suffète, mais tu n'as pas vu encore quel extraordinaire général il est sur le champ de bataille. C'est un tacticien aux ressources infinies. Les Romains sont fous de ne nous avoir pas interdit le passage du Rhône.

— Qui les commande?

— C'est toujours Quintus Scipion, si nos renseignements sont exacts; un homme vernissé comme les pots d'Étrurie. Lorsqu'il a dit : « La coutume des ancêtres », il croit avoir tout dit. Brave soldat d'ailleurs, comme tous les Romains, mais entêté comme une mule et stratège comme une savate.

Ils piquèrent des deux pour examiner de plus près l'armée romaine. Les manipules d'infanterie avançaient dans la plaine d'un pas lourd et assuré. La cavalerie, sur le flanc des colonnes, ne les quittait pas d'une foulée. Cot la désigna à Photidès :

— Regarde, ils ne décollent pas; les escadrons accompagnent l'infanterie comme les poussins suivent leur mère.

Photidès haussa les épaules :

— La cavalerie légionnaire ne compte pas, mais l'infanterie que tu vois là est la première du monde. Ce sera un gros morceau à avaler.

En tête des colonnes romaines un mouvement se fit. Dans la transparence lumineuse du matin les deux officiers discernèrent un groupe à cheval. Un homme à manteau de pourpre, portant sur son casque brillant un panache rouge que le grand vent du nord faisait trembler, immobile, tel une statue, examinait la cavalerie ennemie.

— Quintus Scipion, s'écria Cot.

— Oui, dit Photidès.

Et tourné vers les Romains, comme si le général eût pu l'entendre :

— Regarde, mon bonhomme, regarde, tu cherches Annibal? Il s'est envolé! Le lion joue avec toi comme avec une gazelle. Pendant que tu traînes tes sandales sur les bords du Rhône, nous allons passer les Alpes, joindre nos bons alliés gaulois de la vallée du Pô,... lorsque nous nous retrouve-

rons ce sera quelque part sur la route de Rome.
Quelque chose me dit que nous verrons avant toi
le Capitole.

— Plan sublime.

— Oui, sublime! Eh! tu y viens, ami. Ah! je
sais il y a les Alpes. On les prétend infranchissables.
« Des légendes », dit Annibal. Et puisqu'il tente le
passage, c'est qu'il est assuré de le réussir. Maintenant, autre chose : je m'en vais et te laisse
l'arrière-garde, quinze cents cavaliers, mille Espagnols, cinq cents Gaulois. Tu as bien compris les ordres d'Annibal? Observer l'armée romaine et l'empêcher de presser notre arrière-garde. J'insiste,
observer avec soin. Toi ou tes officiers ne devez pas
perdre de vue Scipion. Deux fois par jour au moins,
plus souvent si tu veux, à plus forte raison en cas
d'événement grave, adresse un courrier au Suffète,
dis-lui où sont les Romains, ce qu'ils font, où tu
es toi-même et ce que tu fais. Je te rappelle encore
que tu dois être toujours avec le gros de tes cavaliers entre nous et l'armée romaine. Ceci est la
première partie de ta mission. La seconde consiste
à empêcher les légions de nous talonner de trop
près. Pour retarder leur marche tu as un procédé
simple : choisir un terrain favorable et faire halte,
comme si tu voulais offrir le combat; tu obliges
forcément les Romains à passer de l'ordre de
route à l'ordre de bataille, d'où perte de temps
pour eux. Ceci exécuté, tu files à toute bride.

Puisqu'ils ont eu la sottise de ne pas constituer une avant-garde puissante, ta tactique consiste à les obliger le plus souvent possible à se déployer. Bien entendu tu ne dois pas combattre. Modère ta fougue gauloise, tu céderas du terrain par habileté, non par lâcheté, ne va pas te laisser accrocher. Pardonne à ma vieille expérience ces quelques conseils et que les dieux veillent sur toi!

Les deux officiers se saluèrent, Photidès partit avec ses escadrons, laissant Cot prendre ses dispositions tactiques...

Tandis que, perdu dans ses hésitations coutumières, Scipion, bien que discernant le véritable but d'Annibal, négligeait de le devancer sur le Pô, ce que par Gênes il pouvait faire en moins de dix jours, et fractionnait son armée, dont la masse principale partait pour l'Espagne, sous le commandement de son frère Gnæus, alors que lui-même retournait à Pise avec ses troupes d'élite; Annibal ayant rassemblé son armée, et l'ayant enthousiasmée par une harangue, se mettait en route pour l'île des Allobroges, ce qui était le chemin le plus long, mais le plus sûr.

Il parcourait un pays fertile et peuplé, dont il avait par avance gagné les principaux chefs par des caresses ou des menaces. Il lui arriva même de prendre parti dans des querelles intestines, pour retirer des avantages de son intervention.

La marche était facile, les soldats vivaient dans l'abondance, et, dans cette armée, formée de tant de peuples divers, présentement tout était confiance et joie.

La première chaîne des Alpes offrit des difficultés. La hauteur des montagnes, la raideur des pentes, l'étroitesse des sentiers, les précipices béants, effrayèrent les soldats. L'escalade commença. Une peuplade hostile la troubla par ses attaques et se retrancha au sommet d'un col. Pendant la nuit l'infanterie légère espagnole parvint à la déloger. Au matin, la route fut reprise. La descente, par des sentiers étroits et glissants, coûta beaucoup de chevaux et de bêtes de somme; plusieurs éléphants y périrent. Les Celtes continuèrent leurs attaques. Habiles à courir sur le bord des précipices, agiles dans l'escalade des crêtes, adroits à se servir de leurs frondes, ils assaillaient constamment l'armée en marche, profitant des passages étroits, où fantassins et cavaliers ne pouvaient user avec avantage de leurs armes. L'armée perdait beaucoup de monde, ses traînards étaient massacrés. Infatigable, parcourant sans cesse ses colonnes, Annibal intervenait toujours à point avec ses troupes légères et l'élite de ses Africains. Il repoussait les attaques et l'armée passait; mais les pertes étaient grandes, les souffrances plus grandes encore.

Enfin on atteignit la vaste plaine, au bord du lac, promise par le général à ses soldats; on y campa, on s'y refit. Mais l'armée apprit avec terreur que, loin de toucher à ses fins, son épreuve commençait à peine. La marche fut reprise, la vallée se resserra graduellement. C'était le territoire des Centrones. Avec de grandes démonstrations d'amitié, ils accueillirent l'armée carthaginoise. Soit que cette joie parût suspecté au Suffète, soit qu'il eût reçu quelque avis secret, il recommanda aux officiers de tenir leurs hommes étroitement groupés et d'être toujours sur leur garde. L'armée avançait au milieu des démonstrations des villages. Bientôt le chemin muletier quitta la vallée et commença à s'élever vers les hautes montagnes couronnées de neiges éternelles. Au fur et à mesure que le sentier gravissait la montagne, l'air et le sol se transformaient : modestes granges, petites huttes, arbres rabougris, herbe courte et rude, aux brins arrondis, et ces derniers vestiges de vie qui se cramponnaient encore aux flancs des rochers, disparurent eux-mêmes peu à peu. Ce fut le spectacle nouveau de montagnes bleues couvertes de neige et de glace, tandis que le fond des vallées apparaissait là-bas noirci de forêts profondes. Cela troublait même les plus braves. Ils regardaient d'un œil morne l'aride paysage des hauts sommets, tandis qu'un brouillard jaune, compliqué d'une tourmente de neige en blanches spirales, enveloppait les cimes. Jamais l'armée ne trouverait son chemin dans ce pays maudit, comment faire passer les éléphants et les chevaux! C'était la mort, la mort horrible, dans ces gorges rocheuses hérissées de glaces éternelles, contrées sans dieux, contrées de la nuit et de l'épouvante! Plus encore grandit la crainte, lorsque, armée d'arcs, de frondes, de massues et d'épieux, la milice des Centrones apparut sur les derrières de l'armée. Bientôt au pas de course elle gagna à mi-pente sur sa gauche et sur sa droite. Prévoyant quelque traîtrise, le prudent Annibal avait fait filer ses bagages en tête, protégés par la cavalerie qui marchait à pied traînant ses chevaux par la figure. Les vétérans restés en arrière déjouèrent l'attaque, mais le général ne put empêcher les Centrones de marcher de crête en crête, parallèlement à son infanterie, sur laquelle ils faisaient rouler de grosses pierres. A un moment ils coupèrent le gros de l'armée de son avant-garde. Les hommes tombaient sans discontinuer. Arrivé au lieu dit « la Pierre blanche », Annibal campa avec son infanterie, pour donner du temps à sa cavalerie et à ses bagages. Puis il se mit en marche, et parmi d'incessantes et sanglantes escarmouches, parvint à grand'peine, à cause des éléphants, à gagner le sommet du passage, près du petit lac, là où la rivière Doria prend sa source. En lui-même le Suffète trouvait le passage moins abrupt qu'on ne l'avait dit. Ce qui faisait les principales difficultés de sa route, c'étaient, avec l'hostilité des montagnards, l'arrivée brusque de la mauvaise saison et l'impéritie des guides, dont il fit décapiter plusieurs, convaincus de trahison.

Bêtes et gens n'en pouvaient plus, les provisions manquaient, l'habile Marko-Ibas ne pouvant empêcher les montagnards de piller les convois. Il n'était pas d'homme qui n'eût été légèrement blessé, on ne comptait plus les traînards, beaucoup de soldats avaient déserté, l'armée entière, découragée et irritée, était sur le point de se révolter, et l'aurait fait cent fois, sans l'énergie du général. Il allait sans cesse de groupe en groupe, apaisait les mécontents, donnait du courage aux faibles, communiquait à tous son enthousiasme, portait pour ainsi dire ses hommes de montagne en montagne.

Cependant, épuisés par le froid, les Africains eux-mêmes murmuraient. Les meilleurs parmi eux, couchés à terre dans un morne silence, songeaient avec angoisse aux dieux de leurs tribus qu'ils ne reverraient plus!

Grâce à des charges de bois, que les montagnards montèrent à prix d'or du fond des vallées, Annibal fit allumer de grands feux. Il ordonna de distribuer le peu de vin qui restait dans les outres, on tua les chevaux épuisés et trois éléphants qui ne pouvaient plus marcher. Des quartiers de viande saignants rôtirent au bout des piques. La nuit fut clémente. Au petit jour, ragaillardis par la nourriture, le bon vin, la chaleur des feux et une nuit de repos, les soldats satisfaits, s'interpellèrent joyeusement...

Un brouillard flottait encore, une luèur rose colorait la mer de nuages, balançant ses formes cotonneuses aux flancs des glaciers. D'un seul coup elle s'ouvrit et dans une irradiation aveuglante le soleil se leva. L'armée poussa un cri. A perte de vue une terre merveilleuse s'étendait, vertes prairies, ruisseaux d'argent rampant entre de molles collines, forêts profondes, fertiles vergers, villages heureux, rubans blancs des routes.

Les trompettes sonnèrent. Un silence se fit. Debout sur un piédestal de granit le Suffète étendit la main :

— Mes compagnons, la tâche la plus dure est faite, au pied de ces montagnes nos alliés gaulois nous attendent, vous voyez l'Italie, elle est à portée de vos glaives, elle est à vous. Nous allons nous laisser rouler sur les pentes et tomber sur les légions comme un vent d'orage s'abat sur les blés mûrs. A nous la victoire, et je ne saurai rien refuser à mes soldats vainqueurs! Terres, maisons, or, riches parures, vous aurez tout, et de vous, ô mes rudes aventuriers, je ferai les premiers citoyens de Carthage. M'écrasent ainsi les dieux, si je manque·à ma promesse !

D'un quartier de roc le Suffète broya la tête d'un frêle agneau, qu'un sacrificateur avait amené près de lui.

Alors, des rangs des vétérans d'Afrique et d'Espagne, une tempête d'acclamations s'éleva vers le général, l'armée entière la répéta. Elle monta, grandit, roula, et se répercutant de roche en roche, alla porter là-bas, vers le sud, sur les ailes des vents, aux paysans de Rome, l'orgueilleux défi du grand seigneur phénicien.

L'armée se remit en marche, la descente commença. Elle fut terrible. La saison avançait, il pleuvait sans relâche. Par moments une fine neige tombait, d'autres fois les ouragans se déchaînaient. Des hommes glissaient, des chevaux perdaient pied et roulaient dans le fond des précipices. On arriva à des roches où ni les éléphants, ni la cavalerie, ni les bagages ne purent passer. Il fallut reculer et tracer un chemin. Les hommes travaillaient jour et nuit. Au milieu des travailleurs, Annibal soutenait les courages. Ayant reconnu la nature des roches, il y fit creuser des trous profonds, qui furent garnis de chaux et de vinaigre, puis on alluma au-dessus de grands feux ; par ce moyen la roche se fendit et on put la détacher. Heureusement, pendant ces grandes fatigues, une partie des traînards qui s'étaient enfuis parvint à échapper aux Celtes et rejoignit le Suffète.

La descente continua. Peu à peu les sentiers s'améliorèrent, les pentes s'adoucirent. On arriva dans une vallée fertile. Les Salaci, clients des Insubres, avec qui Annibal avait conclu un traité secret, vinrent au-devant de lui. On poussa jusqu'à la plaine. Les soldats qui se traînaient avec peine furent logés chez l'habitant. Dans ce pays plantureux la race gauloise avait pullulé avec une incroyable fécondité, les villages se touchaient.

Annibal fit donner à ses hommes une bonne nourriture et leur accorda quinze jours de repos. Il choisit parmi ses cavaliers les plus solides et les envoya à la hâte en grand'garde, pour couvrir ses cantonnements.

Le but était atteint, mais au prix de quels sacrifices! L'armée, forte au passage des Pyrénées de cinquante mille fantassins et de dix mille cavaliers, ne comptait plus que vingt mille hommes d'infanterie et six mille cavaliers, principalement des Numides. La nomenclature de l'armée fut faite, le Suffète en fit graver les chiffres sur une colonne et se tournant vers ses officiers :

— Voilà ce que nous coûtent les fautes du Sénat, qui a perdu par sa nonchalance la maîtrise des mers. Il nous reste maintenant à combattre et à vaincre, mais nous avons payé de la moitié de l'armée notre champ de bataille!

CHAPITRE III

VICTOIRES SUR VICTOIRES

Publius Corlian debout, les bras croisés, exhalait son indignation. A cette heure il ne songeait guère à Terentia Cecilia. Dans sa large poitrine battait toute l'espérance romaine. La jeunesse palpitait en lui; une jeunesse ardente, plus belle de ce que, sans l'ignorer, il ne songeait pas à la mort. Les retards, les lenteurs l'exaspéraient :

— Nous piétinons sur place, qu'attend Scipion pour se mettre en route? Oui, on dit que nous levons le camp demain, je le sais, mais il sera bien tard. Avec un peu d'activité nous nous concentrions autour de Turin, et lorsque ce Punique maudit et son armée bariolée dévalaient des Alpes, nous les recevions à la pointe du glaive. Voyons, père, quatre légions solides, bien commandées, ne faisaient qu'une bouchée de cette armée. Au dire de nos espions, elle est arrivée à demi-morte de faim, de fatigue et de froid. Au lieu de cela, que faisons-nous? Le Sénat discute, les généraux se disputent. Annibal fait reposer son armée, force Turin à se rendre, et soulève contre nous les Gaulois cisalpins. C'est du joli!

Assis au fond de la tente, le vieux Quintus Fabius haussa les épaules.

— La jeunesse est prompte à la critique. En réalité, le projet incroyable qu'Annibal vient d'exécuter avec une rapidité dont je suis encore étourdi, a bouleversé toutes nos conceptions stratégiques. De nos deux armées principales l'une, tu le sais, avait été dirigée sur l'Espagne, l'autre, destinée à l'Afrique, sous le commandement de Tiberius Sempronius, est heureusement à Lilybée, ou du moins elle n'y est plus, le Sénat lui a envoyé l'ordre de revenir. Sans l'activité de la flotte carthaginoise, qui a retenu le Consul jusqu'au moment où il a été maître des petites îles qui entourent la Sicile, cette armée passait en Afrique. Que serait-il arrivé?... Autour de Plaisance et de Crémone deux de nos légions sont aux prises avec les Boïens. Ils agissent d'accord avec Annibal. Maintenant, vous autres, vous partez, vous marcherez sans doute sur Plaisance. Là, que ferez-vous? Je ne sais! Que fera Annibal? Souviens-toi de ce vieux dicton militaire : « Si l'armée savait ce que fera l'armée, l'armée battrait l'armée. » Scipion est habile et prudent, très brave aussi. Mais pourquoi le dissimuler, l'incomparable maîtrise

avec laquelle Annibal vient d'exécuter ce qu'on
pouvait considérer comme inexécutable, semble
avoir fait perdre au Consul son équilibre moral.
Vous êtes tous très impressionnés. Sur le terrain
vous retrouverez vos facultés militaires. Un dernier conseil : ne vous laissez pas effrayer par les
éléphants, quelques coups de pila à la trompe et
ils font demi-tour en écrasant leurs vélites de
soutien. L'infanterie phénicienne ne vaut pas
grand'chose. L'infanterie mercenaire se bat ou ne
se bat pas, suivant l'inspiration du moment. Mais
gare à la cavalerie! Redoutez surtout les ruses du
Suffète, ces gens-là ont la fourberie dans le sang.

. . . .

Sous sa tente légère Cot dormait, Photidès
entra brusquement.

— Alerte! Debout et à cheval! Nous allons
nous battre! Les Romains ont passé le Pô à Plaisance et remontent la rive gauche. Annibal arrive
à toute bride de Turin avec la cavalerie espagnole.
La fête va commencer!

Cot se leva et donna des ordres. Le boute-selle
sonna; les cavaliers gaulois se juchèrent sur leurs
gros chevaux et les escadrons s'ébranlèrent.

En colonne, la cavalerie d'Annibal défilait rapidement. De nombreux éclaireurs couvraient son
mouvement. Des commandements retentirent,

les escadrons s'arrêtèrent, les officiers supérieurs rejoignirent le Suffète. Du sommet d'un mamelon il regardait la plaine. Dans les premiers feux du matin on distinguait au loin de nombreux corps de cavalerie ennemie et aussi de l'infanterie. Ils se déployaient sur des prairies coupées de larges terrains pierreux.

Les éclaireurs des deux partis étaient déjà aux prises; on entendait leurs clameurs. Les Romains montrèrent une légion. Elle se rangea sur cinq lignes, la cavalerie sur ses flancs.

Les officiers entouraient le Suffète dans un silence respectueux. La situation était critique, c'était le premier combat qu'on allait livrer sur la terre d'Italie. Les Gaulois, à demi-hésitants, en attendaient l'issue avant de se décider. Les Puniques, enfermés entre les Romains et les Alpes, n'avaient d'autre alternative que vaincre ou périr. Annibal, impassible, étudiait longuement le dispositif de l'armée romaine. Il se tourna vers son État-Major et d'une voix calme dicta sa manœuvre...

Le général punique avait deviné que l'avant-garde romaine, si fortement constituée, avait pour but de lui faire perdre du temps au passage du Tessin, et que Scipion devait attacher à cette manœuvre une grande importance, puisque, ayant abandonné son armée principale, il commandait personnellement son détachement. Il s'agissait de le gagner de vitesse...

Conduite avec maîtrise, énergie et vivacité, la manœuvre du Suffète réussit pleinement. Bolmicar et Micipsa attirèrent les cavaliers ennemis loin de leur infanterie et revinrent brusquement sur eux. Tacticiens consommés, imposant brusquement aux chevaliers le schéma de leurs redoutables formations en potence, ils les bousculèrent et taillèrent en pièces leurs escadrons mal montés et peu entraînés.

L'infanterie romaine débordée sur ses flancs et malmenée au centre, grâce à une habile manœuvre de Magon, retraita elle aussi, sans pouvoir recueillir sa cavalerie qui fuyait à toute bride...

Une poussière aveuglante flottait. Cot vint donner avec ses cavaliers contre un manipule romain en retraite. Serrés derrière leurs boucliers, le glaive au nez des chevaux, les légionnaires faisaient front, inébranlables comme un mur. Les Gaulois firent cabrer leurs chevaux et tendirent leurs grandes lattes. Une sonnerie de trompettes s'éleva... Cot arrêta la poursuite. Les Romains se dégagèrent de l'étreinte de la cavalerie. L'officier gaulois fit demi-tour, il croisa Photidès qui ramenait une colonne de prisonniers.

— Eh bien, ami, le plan de Suffète, hein, quel coup d'œil!

— Oui, c'est merveilleux, tout a réussi, tu en ramènes...

— Pas mal, comme tu vois, mais nous avons
failli prendre le Consul.

— Scipion?

— En personne; il est grièvement blessé, sans
son jeune fils qui l'a dégagé, en me chargeant en
flanc avec quelques cavaliers, j'amenais le général
à Annibal.

Magon passait au galop, il fit halte, et interpella sèchement les deux officiers :

— Quoi! vous bavardez! Rassemblez vos
hommes et rejoignez le Suffète; n'avez-vous pas
entendu les trompettes? Il s'agit maintenant de
poursuivre le gros de l'armée romaine. Nos éclaireurs sont déjà au contact.

Les cavaliers se rassemblèrent, Annibal passa
sur le front des escadrons, son visage rayonnait;
c'était un beau succès et la campagne commençait à peine...

Scipion quoique blessé conserva son commandement. Le péril extrême réveilla ses facultés
militaires. Par une marche de nuit heureuse il
parvint à dégager son armée, passa sur la rive
droite du Pô, et rompit le pont derrière lui. Le
Suffète cerna et prit un détachement de six cents
hommes qui couvraient la retraite, et, furieux de
voir l'armée romaine lui échapper, envoya l'ordre
à son arrière-garde de passer le Pô en amont,
après quoi il la rejoignit, à marche forcée, avec le

gros de ses troupes. La cavalerie numide préci-
pita la retraite des Romains en les harcelant.
Quelle que fût l'activité d'Annibal, Scipion n'en
parvint pas moins à atteindre la Trébie. Il se retrancha derrière la rivière, sa droite appuyée au
Pô et à la forteresse de Plaisance, sa gauche à
l'Apennin. La position était forte, elle lui permit
de gagner du temps. Les Gaulois voyant Annibal
immobilisé par les retranchements romains ra-
lentirent leur révolte, cependant ils fournirent
aux Puniques plusieurs bataillons d'infanterie.
Puis une grande nouvelle se répandit, l'armée de
Lilybée arrivait enfin à Plaisance. Scipion, recueillait ainsi les fruits de son habile stratégie,
mais, toujours gêné par sa blessure, il céda le commandement de la grande armée romaine à Tiberius Sempronius, dont les fonctions militaires expi-
raient dans quelques mois.

L'hiver était humide et froid. Annibal campait
en face des retranchements romains, il avait reconnu qu'on ne pouvait les enlever de vive force ;
son esprit, fertile en stratagèmes, cherchait des
combinaisons. L'armée romaine, maintenant renforcée, brûlait de combattre et d'exterminer
l'armée punique, deux fois moins nombreuse
qu'elle. Entre les deux cavaleries les engagements
ne cessaient pas...

Ce jour-là, dans le matin pluvieux, les cavaliers
numides, qui fourrageaient et pillaient à leur ordi-

naire, furent, comme la veille, chargés par la cavalerie romaine. Les Numides plièrent. Les Gaulois vinrent à leur secours, mais durent reculer. Tout en combattant, les cavaliers du Suffète repassèrent la Trébie qui était grosse ; les Romains les poursuivirent.

Le magister equitum interpella Publius Corlian, son officier de liaison.

— Galope jusqu'au Consul, dis-lui que j'ai complètement battu la cavalerie d'Annibal, il n'y a pas un instant à perdre, que l'infanterie me soutienne et la journée est à nous !

Corlian, à toute bride, porta la requête du chef de la cavalerie. Tiberius Sempronius approuva. Les légions s'ébranlèrent.

Publius Corlian était anxieux, il lui avait semblé que les cavaliers ennemis reculaient plus par tactique que par nécessité. Il se demandait, avec une angoisse croissante, ce que pouvait bien combiner Annibal dont on ne voyait nulle part l'infanterie. De toute manière il était trop tard pour reculer. Sous la pluie d'hiver qui ruisselait, tandis que des tourbillons de neige fondue fouettaient les soldats au visage, les légions avançaient. Elles franchissaient péniblement les flots enflés et glacés de la Trébie, et, se mettant en bataille la rivière à dos, venaient appuyer les cavaliers romains, maintenant aux prises avec les escadrons carthaginois, sur une

large plaine broussailleuse, semée de bouquets
d'arbres.

Les troupes légères engagèrent le combat avec
des alternatives diverses. Mais la cavalerie d'Annibal, renforcée sans cesse par de nouveaux
escadrons, et combattant avec une tactique supérieure, ne tarda pas à refouler les chevaliers. L'infanterie romaine se porta en avant d'un pas
rapide, pour dégager sa cavalerie. Dans ce mouvement elle fut abordée sur son flanc gauche par les
cavaliers gaulois de Cot, qu'un petit bois avait
tenus cachés. La deuxième légion avait épuisé ses
pila contre les troupes légères. Elle essaya vaine-
ment avec ses glaives d'arrêter cette charge furieuse, elle fut mise en désordre, et le flanc gauche
de l'armée compromis. Tiberius Sempronius ordonna un mouvement vers la gauche, pour dégager
son aile battue et malmenée. La première et la
troisième légion furent surprises et assaillies dans
leur conversion par l'infanterie d'Annibal. Tenue
jusque-là bien au chaud et à couvert du mauvais
temps sous ses abris de campagne, elle surgissait
du brouillard en colonnes profondes, et se dé-
ployait rapidement.

Depuis le début de la bataille le Suffète com-
binait ses mouvements avec tant d'adresse et de
bonheur, que les Romains étaient toujours pris
en flanc.

Affamée, car elle était partie avant d'avoir

mangé, trempée au passage de la rivière, transie
de froid, l'infanterie romaine n'en resta pas moins
digne de son antique réputation. Elle chargea,
battit et refoula, dans un furieux corps à corps,
l'infanterie gauloise cisalpine, qu'Annibal avait
mise au premier rang. Ces hommes grands et
braves, armés de longues épées de fer, ne pouvaient s'en servir que de taille, car elles ne possé-
daient pas d'estoc. Elles pliaient au choc, et les
légionnaires frappaient, tandis que les guerriers
les redressaient sous leurs pieds. Dans les côtes
gauloises s'enfonçaient les glaives au tranchant
acéré. Les Gaulois reculèrent en désordre. L'infanterie espagnole, à leur droite, s'engagea à son
tour. Dans un mouvement incessant de l'arrière
à l'avant, les trois rangs de la première légion
lancèrent successivement le pilum. Mettant glaive
au poing, les légionnaires foncèrent sur la ligne
espagnole, très ébranlée déjà par les volées de
pila, et l'enfoncèrent. Rien ne tenait devant la
vaillance disciplinée de l'infanterie romaine!

Une clameur joyeuse s'élevait des rangs de la
première légion. Tiberius Sempronius, plein d'ardeur et d'espérance, y courut et fit reformer les
files désunies par la victoire. Car, pensait-il, était
complètement vainqueur celui qui conservait la
formation la plus rigide. A travers le rideau de
pluie, le Consul observa le champ de bataille. Sur
un front de plus de quatre mille pas les deux

armées étaient aux prises. La mêlée faisait rage. L'infanterie rétablissait le combat; mais sa ligne sinueuse avait besoin d'être rectifiée; la cavalerie, taillée en pièces, tournait bride. Le Consul dictait déjà des ordres, lorsque, de droite et de gauche, d'horribles mugissements ébranlèrent l'air.

Sur les deux ailes romaines, dont l'ordonnance était vicieuse, fonçaient les éléphants. La terre fléchissait sous leurs pas lourds et mous, ils ouvraient leurs gueules humides, qui exhalaient une chaude haleine de beurre rance et de vin miellé, dont on les avait enivrés pour les rendre furieux; leurs longues défenses dorées étaient allongées par des pointes de fer barbelé. La trompe roulée, broyant les guerriers sous leurs larges pieds, les perçant de leurs défenses, poussant des barrissements aigus, ces formidables animaux, dont l'aspect seul glaçait les plus braves, rompirent et refoulèrent les deux ailes. En vain Publius Corlian rassemblait les cavaliers et les insultait :

— Lâches! souvenez-vous que vous êtes Romains!

Cavaliers et fantassins n'entendaient pas le jeune officier dont le cheval fou de terreur finit par s'emballer et dans un galop furieux emporta son maître jusqu'à la Trébie.

Les légionnaires fuyaient à toutes jambes. Les auxiliaires et alliés gaulois fuyaient plus vite encore, tandis que du haut des tours de cuir, balancées sur le large dos des éléphants, les archers nubiens décochaient leurs longues flèches. Quelques éléphants blessés s'emportèrent, firent demi-tour et vinrent jeter le désordre parmi les bataillons puniques. Mais les cornacs les frappèrent à temps de leurs lances à travers les vertèbres cervicales. Les monstrueux animaux s'écroulèrent dans un fracas d'armures. De mauvaises nouvelles arrivèrent à l'État-Major romain: un corps carthaginois, commandé par Magon, sortant du lit raviné d'un petit affluent de la Trébie, avait brusquement assailli et dispersé les manipules de réserve.

La cavalerie numide, après s'être débarrassée des escadrons romains, se rabattait à toute bride sur les ailes de l'armée consulaire.

Tibérius Sempronius comprit alors que la retraite des Numides était feinte. Annibal l'avait attiré au delà du fleuve sur un champ de bataille truqué et préparé. La journée était perdue, et sa position critique, car, fixée sur tout son front, la cavalerie et les éléphants mettaient ses flancs en péril. Le général espéra, à force d'activité et d'énergie, en ralliant son monde autour de ses légions du centre victorieuses, faire une retraite ferme, et transformer son grave échec en une affaire indécise. Il n'y avait pas un instant à perdre, le Suffète prononçait son mouvement enveloppant.

A peine le Consul prenait-il ses premières dispositions, que dans le brouillard de nouvelles lignes d'infanterie apparurent, tandis que les trompettes d'ivoire sonnaient. C'était l'infanterie phénicienne, commandée par Annibal en personne. Elle chargait à son tour et attaquait de front; il y avait là aussi les vétérans d'Afrique, les hoplites grecs, l'élite des vétérans d'Espagne. Il était trop tard pour rompre le combat, il n'y avait plus de manœuvre possible. Les légions enveloppées se formèrent en coin, et foncèrent sur la ligne carthaginoise avec l'énergie du désespoir. Les vétérans d'Afrique reçurent le choc sans rompre d'une semelle. Peu à peu, la discipline, l'armement, la tactique romaine, l'emportèrent. Les légionnaires parvinrent, au prix d'énormes pertes, à se dégager du champ de bataille et à se mettre en retraite.

Mais au passage de la Trébie, que la pluie n'avait cessé de grossir, les rangs se rompirent, la retraite devint déroute. Promptement, sous les coups des Carthaginois, qui suivaient leurs adversaires l'épée dans les reins, elle tourna au désastre. Jusqu'au soir les Numides et les éléphants poursuivirent les Romains, ne faisant nul quartier, massacrant les traînards et les blessés au passage de la rivière, faisant de l'armée consulaire un immense carnage. Tiberius Sempronius avec un gros de cavaliers fut contraint de se jeter dans l'Apennin, Scipion ramena en arrière ce qui restait de l'infanterie.

Annibal à cheval, étroitement drapé dans son manteau, sous la pluie ruisselante, appela son jeune frère; Magon, donnant de l'éperon, accourut; le Suffète, la main tendue, montra les cadavres romains étendus sur la plaine et les légionnaires blessés, qui se débattaient dans les eaux torrentueuses de la Trébie.

— Un beau spectacle, dit-il.

Il riait en montrant ses dents blanches.

L'armée romaine était anéantie, elle avait perdu plus de vingt-cinq mille hommes : à grand'peine ses malheureux débris se retirèrent sur Plaisance.

Les pertes d'Annibal étaient sensibles, mais portaient principalement sur ses alliés gaulois.

L'armée romaine, réduite à de minces effectifs, n'osait bouger des deux forteresses. Elle se ravitaillait par eau, car la cavalerie punique tenait toutes les routes et coupait ses communications. Le consul Tiberius Sempronius, se rendant à Rome pour les élections, sous la protection d'une escorte de cavalerie, manqua se faire enlever par Sisbée, patrouillant dans la campagne avec un gros de cavalerie phénicienne.

Entre temps le Suffète organisait rapidement l'insurrection gauloise. Au bout de quelques jours les Boïens et les Insubres lui fournirent plusieurs milliers de fantassins et de cavaliers.

La situation d'Annibal, si belle en apparence, n'en était pas moins précaire. Jadis, alors que du fond de l'Espagne il négociait avec les chefs gaulois, il s'était flatté qu'à sa seule apparition au delà des Alpes, toutes les tribus celtiques courraient aux armes et se donneraient à lui. Par avance il se voyait, organisant cette vaste insurrection, dirigeant et ordonnant le mouvement Panceltique, finalement marchant sur Rome à la tête de deux cent mille hommes. Sur le terrain tout changeait. Dans un état d'anarchie politique inexprimable, ces tribus, qui habitaient des bourgs sans murailles, couchaient sur la dure, et ne savaient guère que combattre ou labourer, étaient incapables de comprendre un vaste dessein et de l'exécuter; elles n'avaient ni grande pensée, ni esprit de suite. Refusant aujourd'hui ce qu'elles avaient promis hier, elles changeaient perpétuellement d'avis et de conduite. Les Gaulois, enfin, se défiaient des Puniques, ils les détestaient et les haïssaient, avec ce mépris et cette crainte superstitieuse que l'Occident a toujours pour l'Orient.

Si bien que, vainqueur, mais loin de son pays, à la merci de la versatilité gauloise, avec une armée excellente en cavalerie, mais dont la bataille de la Trébie venait de lui révéler combien l'infanterie était médiocre, son premier plan s'écroulant, Annibal, dont le caractère était un mélange de réflexion, de sagesse, de prudence et de pondéra-

tion, allié à une audace extrême et à une imagination ardente, mettait maintenant son principal
espoir dans un dessein, médité aussi de longue
date, qui était de dissoudre la confédération italique et d'isoler les Romains de leurs alliés.

— Rome, disait-il à ses familiers, est comme la
hache consulaire, entourée du faisceau des licteurs, avant de s'attaquer à la hache il faut rompre
le faisceau, et d'abord le délier.

En conséquence, maître maintenant de la vallée
du Pô, il résolut de porter la guerre au cœur de
l'Italie, en la menant un peu à l'aventure. Avec
les forces réduites et médiocres dont il disposait,
il se sentait perdu, s'il s'engageait dans une campagne classique où il succomberait forcément sous
les coups du nombre, de la méthode et de la pa-
tience romaines.

C'était le jeune printemps. Ce jour-là Publius
Corlian causait avec son collègue Tertullus Asper.
Ils se promenaient à petits pas devant la porte
du camp. Il y avait là une superbe armée, où
servaient en nombre égal les Romains et les
Étrusques; grâce à ses alliés, Rome, après le
désastre de la Trébie, avait refait ses forces et
réparé ses pertes, avec énergie et promptitude;
du sol héroïque et inépuisable de l'Italie surgissaient les légions.

Publius Corlian regarda son collègue.

— Les nouvelles sont rares.

— Oui, rares; mais la situation est claire; maître de la vallée du Pô, Annibal porte la guerre dans la direction de Rome. Or, nous avons deux armées, tu le sais. Gnœus Servilius avec la première est à Ariminum. Mais, tandis que notre général Gaïus Flaminius attendait avec la seconde, à Arezzo, le moment d'agir, Annibal nous a devancés, a franchi les montagnes à notre barbe, il campe maintenant à Fiesole et nous sommes tournés. Il paraît que sa marche est contraire aux préceptes de l'art militaire, il aurait dû passer là où nous l'attendions. Le prêteur Antonius, un vieux classique, me disait hier : « Il n'est pas surprenant que le Suffète soit constamment vainqueur, il viole toutes les règles! » Malheureusement pour nos pédants, Annibal n'a rien d'un théoricien et n'écoute pas leurs doctes leçons.

— Je me suis laissé dire que la traversée de l'Apennin lui avait coûté gros.

— Certes oui, il y a laissé ses éléphants; les vétérans d'Afrique, accoutumés aux climats chauds, sont épuisés par le terrible hiver que nous venons de traverser, il a des épidémies dans son armée, on dit aussi que lui-même est dans un état de santé déplorable, qu'il a perdu un œil et ne peut plus faire les étapes qu'en litière. Mais que ne dit-on pas!

— Oui, on nous racontait les mêmes histoires

l'année dernière, après le passage des Alpes. Nous devions rencontrer devant nous une armée de fantômes; ces fantômes nous en ont fait voir de rudes au Tessin et sur la Trébie.

— Tu penses juste; cependant, je crois en vérité les Puniques très éprouvés par les marches qu'ils viennent de faire au milieu des marais. Un homme, digne de foi, m'a conté qu'ils étaient restés trois jours ne pouvant camper autrement que dans l'eau. L'infanterie gauloise se serait même révoltée sans la cavalerie de Magon qui marchait sur ses talons.

— Qu'allons-nous faire?

— Tu connais Gaïus Flaminius? Bien qu'il n'ait aucune expérience militaire, n'ayant jamais commandé que contre les Insubres, il est persuadé que, jusqu'ici, nous avons été conduits par des buses, et qu'en bataille rangée il en finira, lui, d'un seul coup, avec Annibal! Ajoute à cela la politique; les élections approchent, le Consul est un ennemi du Sénat et des nobles, il dédaigne la tradition et la coutume, flatte le populaire, n'est pas plus pieux qu'il ne convient, et, au lieu de célébrer des sacrifices, ne songe qu'au pillage hypothétique du camp punique. Tous les jours nous arrivent de Rome de nouveaux prolétaires qui n'ont aucune envie de se battre, attirés seulement par le désir de s'emparer des richesses d'Annibal. Regarde les tentes de ces misérables aux portes des camps, ma parole elles seront bientôt plus nombreuses que celles des légionnaires!

— Oui, notre constitution montre ici sa faiblesse, elle disperse l'autorité au lieu de la concentrer. Sous prétexte de respecter la liberté individuelle, elle fait litière de l'intérêt public. Il est stupide en ce moment de partager le pouvoir exécutif entre les consuls et de maintenir aux tribuns le droit de veto. Notre Sénat aristocratique et les Assemblées du peuple sont comme chien et chat. L'esprit de caste d'une part, l'imbécillité démagogique de l'autre. En somme, chez nous, c'est la dispersion, l'incohérence, l'instabilité. Dans le camp d'Annibal, c'est l'unité, la permanence, l'esprit de suite. Le Suffète a un plan, très net pour lui, obscur pour nous, et il s'y tient. Et puis nous oublions trop que nos colonies occupent à peine la moitié de l'Italie. Les autres cités alliées sont très jalouses de leur indépendance. Nous sommes une coalition, certes, qui dispose de forces morales et matérielles dix fois supérieures à celles de notre adversaire, mais une coalition tire rarement parti de toutes ses ressources.

— Hélas! Mais, pour en revenir à nos moutons, le Consul qui a été devancé et joué par Annibal va se mettre à sa poursuite. Qui vivra verra, tout ceci ne me dit rien de bon...

Soigneusement éclairé et couvert par sa cavalerie, Annibal ravageant les villages alliés des Romains allait de canton en canton, traînant après lui l'armée de Flaminius. Le général romain, exaspéré par les déprédations des Puniques, par les réclamations de ses alliés et les criailleries des Étrusques, n'avait qu'une pensée : doubler les étapes, poursuivre les Carthaginois à marches forcées, jusqu'au moment où il les aurait contraints à combattre. Un autre désir le dominait, il voulait vaincre avant l'arrivée de l'armée de son collègue, campée à Ariminum, pour recueillir seul les fruits de la victoire.

Un matin, après une courte étape, le Suffète fit halte. C'était auprès de Cortone. On voyait là un défilé étroit où la route s'engageait entre des montagnes abruptes, une haute colline le fermait ; près de l'endroit où il s'ouvrait luisait le lac de Trasimène. A droite et à gauche du lac le pays se hérissait. Il y avait une plaine de craie, convulsive et boursouflée, puis des landes, des mares ensevelies où nul passage n'était possible.

Le Suffète établit ses camps dans de petits bois touffus et ordonna d'y passer la journée dans le plus grand silence.

Le jour allait poindre, les hommes dormaient encore, serrés dans leurs manteaux ; les haches, les boucliers et les javelots s'éparpillaient sur l'herbe ; des silhouettes de veilleurs se profilaient et disparaissaient dans le brouillard. Photidès donnait à Cot ses derniers ordres :

— Tu m'as bien compris, je te résume la situation tactique. Le Suffète avec la fleur de son infanterie barre le fond du défilé. Le reste des fantassins tient les hauteurs à droite et à gauche de la route, la cavalerie occupe les ailes extrêmes vers la plaine. Tu as saisi les ordres de la journée, pas un soldat n'a bougé, pas une patrouille n'est sortie, les Romains ne pouvant se douter de rien vont venir ce matin par la route. Nous croyant bien loin en retraite de l'autre côté du défilé, leurs éclaireurs passeront sans nous voir, et, lorsque l'armée entière sera dans le couloir, nous n'aurons qu'à l'attaquer en flanc et en tête. Surprise en colonne de route elle ne pourra pas tenir, nul légionnaire ne s'échappera du piège.

— Quelle est la force des Romains?

— Cinquante mille hommes environ, l'élite de leur armée. Nous, beaucoup moins.

— Oui, et pas une élite.

Photidès éclata de rire.

— Tu es sévère, notre infanterie ne vaut pas cher, mais ce qui vaut, c'est Annibal.

— Es-tu certain que les Romains vont passer par ici et donner tête baissée dans le coupe-gorge?

— Oh! ils viennent, nos éclaireurs qui reculent sans se laisser voir sont déjà au contact... écoute!

Les deux hommes se turent, des hennissements

percèrent le brouillard opaque, puis, là-bas, à quinze cents pas sur la route, une rumeur sourde s'éleva, monta peu à peu et s'amplifia.

Cependant les officiers puniques éveillaient sans bruit les hommes. A tâtons les mercenaires se mettaient en bataille dans la brume humide.

Attentif, chacun prêtait l'oreille, le tumulte emplissait l'étroite vallée.

C'étaient maintenant des sonorités rudes, des bruits d'armures, par moments des chants militaires ou des refrains bachiques. L'armée entière de Gaïus Flaminius s'engageait dans la gigantesque embuscade dressée par le Suffète.

Un souffle puissant venait maintenant de l'Est. Le brouillard lentement s'enleva en tourbillons légers. De ses longs rayons le soleil levant éclaira les monts et la plaine...

Sur la haute roche où se tenait le Suffète, trois feux s'allumèrent. Alors, autour de l'armée romaine, en tête, sur ses flancs, sur ses derrières, du fond de la gorge, des hauteurs du défilé, des rives du lac, une clameur immense s'éleva, et comme un vent de tempête les soldats d'Annibal foncèrent sur l'armée de Flaminius.

Là où le défilé était presque à pic, les Espagnols écrasèrent les centuries sous les rochers. Prises en flanc, aucun soldat n'ayant eu le temps de faire usage de ses armes, les légions se débandèrent, ce ne fut pas une bataille, mais une déroute, un massacre de soldats affolés, terminé par un égorgement.

L'arrière-garde fut précipitée dans le lac, et le Consul tomba criblé de coups de piques, avant d'avoir pu donner un ordre. Les Carthaginois tuèrent jusqu'à la lassitude... puis ils pillèrent les voitures et les équipages. L'armée était détruite. Vingt mille légionnaires, Romains et Étrusques, gisaient sanglants dans le défilé fatal. C'était un désastre sans nom pour les armes romaines.

Lorsque le soir vint, un petit ruisseau qui traversait le champ de carnage murmurait toujours sur les rocs et la mousse, mais, au lieu des ondes pures et transparentes, où se miraient hier encore les nymphes de ces bords, il roulait des flots de sang.

Annibal, au galop léger de son grand pur sang, parcourait le défilé où s'entassaient quinze mille prisonniers, débris de l'armée vaincue. Dans l'enivrement de la victoire, ses soldats l'acclamaient en vingt idiomes divers, un délire montait de ces bandes triomphantes. Dans le bruissement des épées qui battaient joyeusement les boucliers, un cri dominait les autres : « A Rome ! à Rome ! » Ces hommes, dans leur ivresse, voyaient chanceler le Capitole orgueilleux.

Un pli barrait le front du général vainqueur, le triomphe ne pouvait lui faire oublier un grave incident. La tête de colonne romaine, que commandait Publius Corlian, était parvenue à se mettre en bataille, le tribun, entraînant les centuries de tête avait foncé sur l'élite des vétérans d'Annibal et l'avait traversée de part en part; d'autres bataillons avaient suivi, bref, six mille Romains environ étaient parvenus à se faire un passage à travers les troupes les plus solides du Suffète; et Annibal songeait à la médiocrité de son infanterie et à la puissance invincible des légionnaires.

Les pertes de l'armée carthaginoise étaient très légères, à peine quinze cents hommes hors de combat, en majorité des Gaulois, car le Suffète les plaçait, d'ordinaire, en tête des colonnes d'attaque.

Dans les jours qui suivirent, la cavalerie punique rejoignit les fugitifs qui avaient rompu le cercle, et en prit un grand nombre, après leur avoir accordé une capitulation qu'Annibal ne respecta pas, étant de ces hommes qu'un serment n'embarrasse guère...

L'épouvante et la consternation régnaient à Rome. Des signes effrayants se manifestaient. La foudre tomba à quelques pas du Sénat. Des gens dignes de foi le rapportèrent, dans les temples les boucliers sacrés dégouttaient de sang. Du ciel tombèrent des pierres enflammées. Dans les campagnes d'Antium le chaume des blés ensanglanta la faux des moissonneurs. Les habitants de Falérie virent le ciel s'ouvrir au-dessus de la ville, chose admirable à dire, des tablettes en tombèrent dont une portait ces mots : « Mars agite ses armes ! » Quintus Fabius, frappé par ces sinistres présages, tonna contre l'impiété des consuls, qui, plus encore que leur ineptie militaire, compromettait la ville. N'avait-on pas vu, dans une circonstance solennelle, le cheval de Flaminius se cabrer et désarçonner, la tête la première, son maître, fort mauvais cavalier, il est vrai !... Cependant, revenus de leur terreur panique, les Romains mettaient à la hâte le Tibre en défense et en rompaient les ponts. On réparait les fortifications, on levait de nouvelles légions, on équipait une flotte, en cas de siège, elle aurait un rôle important à jouer !...

Après la vallée du Pô toute l'Étrurie était conquise, Annibal pouvait marcher sur Rome.

Mais le Suffète voyait plus loin que le roi Pyrrhus. Son armée n'était pas présentement en état de livrer une bataille rangée, encore moins d'entreprendre un siège. Derrière leurs murailles cyclopéennes, blocs énormes posés sans ciment par les Pélages, les villes de l'Étrurie et du Latium demeuraient invulnérables. Parmi les Gaulois beaucoup, gorgés de butin, ne demandaient qu'à retourner chez eux et désertaient. Les Espagnols réclamaient hautement un supplément de solde, les vétérans d'Afrique, en haillons, couverts de blessures, atteints d'horribles maladies qui disaient leurs vices, désiraient du repos. La cavalerie numide, épuisée par cette rude campagne, montrait des chevaux amaigris, flageolant sur leurs jambes, presque tous blessés au garrot.

Annibal, après une démonstration sur Spolète, négligea l'autre armée consulaire et après un engagement de cavalerie heureux, ayant hâte de gagner l'Italie méridionale, où il espérait trouver des facilités, prit sa route pour l'Ombrie, dévastant les magnifiques fermes romaines du Piscénum, et arriva à l'Adriatique. Là son armée put se reposer et se refaire. Les hommes, mangeant et buvant leur soûl, montrèrent bientôt des visages réjouis. Les Numides lavèrent leurs fidèles chevaux avec les vins précieux de l'Italie du Sud et, par ce moyen, peu à peu, les guérirent.

Annibal négocia pour dissoudre la ligue italique et isoler Rome de ses alliés. Il vit promptement que sa diplomatie ne réussirait pas. Il obtint à grand'peine la neutralité de quelques cités. On se défiait de lui et de ses serments, la foi punique et la foi romaine se valaient! Dans le même temps il travaillait à réorganiser son armée. Dans les trente jours de répit que lui procura sa marche imprévue et son établissement dans cette contrée riante, il donna au monde le spectacle sans exemple d'un général toujours vainqueur qui, au cœur du pays ennemi et à la tête d'une armée peu considérable, modifie rapidement son armement et sa tactique. Il ne toucha pas à sa cavalerie, mais il avait à cœur d'opposer son infanterie gauloise et espagnole aux magnifiques légions de l'Italie. Les armes prises aux vaincus ne lui manquaient pas, il substitua donc le glaive court à la longue latte de fer mou, le pilum à la lourde pique, le bouclier oblong au bouclier rond. Il obligea les hommes qui, par négligence ou forfanterie, allaient tête nue à la bataille, à se coiffer d'un casque de cuir renforcé de lames d'airain. Il raffermit la discipline, cassa les officiers incapables ou pusillanimes, les remplaça par des soldats ayant fait leurs preuves dans les batailles. Puis il accoutuma son infanterie aux formations savantes et rapides dans lesquelles excellaient les Romains. Il parcourait les camps d'instruction, distribuant l'éloge ou le blâme, relevant les courages, montrant le but maintenant tout proche. En des causeries familières il s'entretenait avec ses soldats, leur parlait de leur patrie lointaine. Aux Gaulois il parlait gaulois, aux Ibères il parlait ibère, il entretenait chacun dans sa langue. Ces rudes mercenaires écoutaient avec émotion cet homme extraordinaire, qui symbolisait pour eux le génie de leur patrie absente.

Le soir venu, les soldats gagnaient les tavernes où ils buvaient et jouaient le produit de leur butin. Annibal fermait les yeux, bien qu'il y eut dans ces bouges des espionnes romaines. Ne fallait-il pas que les mercenaires eussent leurs heures de plaisir?

Plus d'une fois, rentrant tard dans la nuit, Cot et Photidès observèrent que, dans la tente du Suffète, la lampe d'argile brûlait toujours.

— Il travaille tandis que nous prenons du bon temps, soupirait Photidès. Que médite-t-il à cette heure? Courbé sur ses plans, il compte les stades qui nous séparent de Rome, ou il relit les livres de stratégie des généraux grecs. Ne dirait-on pas, ami, que le génie de ce grand homme veille sur l'armée endormie?

Ce soir-là le Suffète écrivait au grand conseil. Il suppliait les sénateurs de considérer sa position. Il avait accompli des marches extraordinaires, passé des fleuves immenses, franchi les plus hautes montagnes du monde, écrasé les armées romaines. Il campait en vainqueur au cœur de l'Italie, mais sa situation n'en était pas moins grave, car Rome restait très puissante, la ligue italique demeurait fidèle à son alliance, et lui, Annibal, s'affaiblissait. Les Gaulois étaient inconstants, il ne parvenait pas à les soulever, ils se défiaient de Carthage, les soldats qu'ils lui fournissaient parcimonieusement ne remplaçaient pas les vétérans qui tombaient chaque jour. Et le Suffète demandait de la cavalerie numide, de l'infanterie lybienne, des éléphants. Il conjurait les sénateurs de hâter leurs secours. Rome préparait un immense effort, il le savait, or, dans sa situation, une bataille perdue, c'était la ruine de Carthage.

Il réfléchissait, la tête dans ses mains ; après s'être fait annoncer, Magon entra.

Le Suffète se leva.

— Quelles nouvelles?

— Graves, mon frère : les Romains lassés de se faire battre viennent de nommer dictateur Quintus Fabius. Nous avons déjà entendu parler de lui; c'est un homme d'un âge avancé mais d'une résolution et d'une fermeté inébranlables.

— Oui.

— Un admirateur des temps anciens, il nous fera une guerre rude et méthodique.

— Je le sais.

— Quels sont tes ordres?

— Voici un message pour Carthage, que le courrier parte à l'instant. Réunis les chefs demain au milieu du jour; d'ici là j'aviserai.

CHAPITRE IV

LE TEMPORISATEUR

Les défaites successives et finalement le désastre du lac Trasimène avaient exaspéré le Sénat. La plèbe se souleva. Dans une réaction contre la folie des démagogues militaires, Quintus Fabius fut nommé dictateur, désigné par sa piété envers les dieux, — qui n'était pas chez lui une superstition étroite mais un moyen de s'affermir dans les grandes alarmes, — son patriotisme, son immense fortune, sa longue expérience des choses de la guerre. Il reçut cette grave nouvelle à sa villa.

Les sénateurs la lui portèrent entourés d'un appareil solennel. Ils le trouvèrent labourant au milieu de ses esclaves. Le vieillard abandonna sa charrue, fit signe aux envoyés de s'asseoir, alla se laver les mains et le visage aux flots sereins de la source prochaine, envoya un esclave quérir ses vêtements. Après quoi, drapé dans sa toge, dans

une attitude digne de recevoir une communication de l'assemblée auguste, il s'avança vers les
envoyés de la Curie et attendit...

En acceptant la dictature, malgré ses 80 ans
bien sonnés, Quintus Fabius avait un plan de
campagne; il l'exposa au Sénat. Debout, appuyé
de la main au dossier de son siège de marbre,
il parla lentement, de sa voix rude et volontaire.

— Annibal, dit-il, n'est pas seulement un grand
général. De cet homme au génie immense, brutal
et subtil à la fois, qui unit à un degré inouï la
discrétion et l'enthousiasme, la prévoyance et la
résolution, je dirais, si ce n'était offenser les Immortels, qu'il est le dieu même de la guerre. J'évi-
terai donc de mener contre lui une campagne
régulière. Je ne lui donnerai pas de bataille rangée.
Attaquer les Carthaginois sur mer, attaquer aussi
leur base d'Espagne, voilà pour l'offensive. Ici,
renforcer notre armée, l'exercer, la discipliner,
la rendre de plus en plus puissante, affaiblir graduellement l'ennemi par de petites escarmouches,
l'affamer, puisque sa subsistance dépend en grande
partie des fourrageurs. Telle sera ma stratégie.

— Mais Rome? dit une voix...

— Rome ne courra aucun péril tant que je serai
à la tête d'une armée intacte. Annibal ne pourra
rien contre elle si les légions ne sont pas ébranlées,
c'est de la tactique élémentaire! Dans une guerre,
l'essentiel, certes, c'est de rechercher la force prin-

cipale de l'adversaire pour la détruire. Mais pour cela faut-il encore savoir choisir son moment. Je dis donc que nos forces croîtront sans cesse et que celles du Suffète diminueront graduellement, car nous sommes sur nos bases et lui n'en a pour ainsi dire pas. Cette guerre, Seigneurs, est toute d'usure, le temps travaille pour nous, au plus tenace la victoire!...

Ses troupes réorganisées, Annibal avait espéré en finir d'un seul coup avec l'armée romaine. La stratégie du dictateur ne le lui permit pas. Toujours établi sur les hauteurs, enfermé dans ses camps, Quintus Fabius demeurait inexpugnable. Pour l'assaillir, le Suffète aurait dû uniquement employer son infanterie. Il savait qu'elle n'était pas de force à affronter les légionnaires. Fabius évitait systématiquement les plaines et les lieux découverts, où le général carthaginois pouvait faire jouer sa savante tactique et déployer sa redoutable cavalerie.

Annibal devina les desseins de Fabius comme s'il eût assisté à la séance du Sénat. Il avait surnommé le vénérable dictateur : « le pédagogue », car il menait son armée de montagne en montagne, tout comme ces gens mènent les enfants à la promenade. Mais railler n'est pas agir. Modifiant son plan de campagne en conséquence, il résolut de tenter une fois de plus la dissolution

de la ligue italique, et, dépassant l'armée romaine,
traversa l'Apennin pour se rendre à Bénévent.
Il prit Telesia et marcha sur Capoue, où il avait des
intelligences. Capoue refusa de se détacher de la
ligue italique, le Suffète en fut pour ses promesses
captieuses. Il reprit la route de l'Apulie, au milieu
des populations terrifiées par l'aspect sauvage des
mercenaires africains, qui, disait-on tout bas, se
nourrissaient de chair humaine, plus épouvantées
encore par les actions extraordinaires de cet
homme maudit, qui faisait une guerre sacrilège
aux dieux de l'Italie.

Le Carthaginois, indifférent à tout ce qui ne
touchait pas à ses projets sacrés, parcourait
les yeux fermés la belle Italie, il ne voyait
point ces montagnes où sur la blanche roche la
jeune lumière prodigue ses feux, ni les gorges
profondes et sauvages, ni les collines boisées, les
coteaux pierreux, orgueilleux de leurs vignobles,
les molles et grasses vallées bruissantes et ver-
doyantes; et dans l'air lumineux, les lignes in-
flexibles des paysages éternels, courbes souples et
fières des monts que le soleil écrase, coups de
vents venus des pics couronnés de neiges éternelles qui font ployer et frissonner les forêts al-
tières. Seules les passions de la guerre, l'ardent
désir de vaincre, l'animaient!

Sur son passage il pillait villes, bourgs et tout
ce qui appartenait aux Romains. Dans la nuit les

villages flambaient. Les mercenaires coupaient les oliviers, arrachaient les plants de vignes. Ces hommes, ayant tous les vices et capables de tous les crimes, menaçaient et torturaient les malheureuses populations sans défense. Des hauteurs où elle campait l'armée romaine voyait, aussi loin que s'étendait le regard, la cavalerie numide ravager et incendier la plate campagne. D'autres fois, de longues colonnes de prisonniers prenaient la route du nord. Les soldats du dictateur, serrant les poings de fureur, apercevaient au loin leurs alliés, et, parmi eux, pas mal de citoyens romains, qui s'acheminaient vers les marchés de la Cisalpine. Des jeunes filles, des femmes, portant des petits enfants attachés sur le dos, les pieds ensanglantés par les pierres de la route, défilaient sous le fouet des marchands d'esclaves carthaginois. Parfois le Suffète mettait à mort tous ses prisonniers: le plus souvent, couvrant de chaînes les soldats romains, il faisait rendre leurs armes aux Italiques et cherchait par des caresses à les attirer dans son armée. Tout était calculé chez lui, la cruauté comme la clémence. Il menait les hommes avec cette froide indifférence du joueur, toujours heureux, qui balance d'une main sûre ses osselets. Présentement, il voulait surtout bien établir qu'il faisait la guerre à Rome et non à l'Italie. Enfin, par un raffinement d'astuce, il ordonna à ses fourrageurs de respecter scrupuleusèment les villas et les champs du dictateur.

L'armée de Fabius était maintenant deux fois plus nombreuse que celle d'Annibal. Elle s'élevait à près de quatre-vingt mille soldats. Chaque jour de nouvelles centuries la rejoignaient. Fabius avait imposé aux troupes une discipline impitoyable, sans cesse il les exerçait. Jamais Rome n'avait possédé une armée plus nombreuse et plus entraînée. Les soldats, en face des ravages que le Suffète accumulait sur l'Italie, demandaient à grands cris la bataille. Qu'attendait-on pour en finir? A Rome on murmurait. Quintus Fabius écrivit au Sénat des lettres sévères :

« Je sais, y disait-il, qu'il n'est pas de cercle, de dîner même, où ne surgisse quelque nouveau génie militaire. Que dis-je, dans les tavernes, le plus stupide muletier s'improvise stratège, et, d'un doigt crasseux trempé dans le vin dessine des plans de bataille, prétend me donner des leçons, à moi qui ai fait la guerre pendant plus de soixante ans. Je nomme ces beaux esprits et ces bélitres : «des pilotes en terre ferme». Quant à cette rumeur imbécile et infâme, répandue vous savez par qui : « le Suffète aurait épargné mes domaines à la « suite de je ne sais quelle entente conclue avec moi », l'auguste Assemblée des pères de la patrie trouvera bon que je ne m'abaisse point à la discuter. Et si vous considériez, Seigneurs, quelle effroyable responsabilité pèse sur mes vieilles épaules, alors que je commande en face du plus terrible adversaire que la colère des dieux ait jamais envoyé contre Rome, vous m'épargneriez ces criailleries. Je suis d'ailleurs résolu à ne tolérer aucune critique. Surtout de la part de gens qui n'ont jamais vu la fumée d'un camp et qui s'évanouiraient de peur s'ils entendaient le barrissement des éléphants du Suffète. »

Le Sénat, ému, fit taire les factieux, et comme une sorte de mot d'ordre chacun répéta : « Laissons faire Fabius... »

Ce soir-là, Quintus Fabius causait avec quelques officiers, Gaïus Tullius, Vertollemus Appa, Arminius Aquila, Publius Corlian, qui commandait maintenant une légion, et plusieurs autres. Bien que le vieillard fût intraitable sur le chapitre de la discipline, il aimait à s'entourer de conseils, pensant qu'un bon avis pouvait naître dans le cerveau d'un jeune guerrier, aussi bien que sous un crâne blanchi par l'âge. Publius Corlian, interrogé, fut net :

— Père, nous voulons nous battre, il est intolérable d'assister impassibles aux ravages d'Annibal, nous t'en supplions, conduis-nous au combat.

Les autres officiers approuvèrent. Fabius hocha la tête.

— Vous êtes des fous. Le Suffète est un autre tacticien que votre vieux général. En plaine je me ferai battre et la cavalerie numide nous taillera en pièces.

Cependant, dans la soirée, Quintus Fabius, comme s'il eût changé d'avis, donna des ordres. Une sourde agitation courut parmi les tentes. Les légions se préparèrent à lever le camp.

Le lendemain, à l'aube, les longues colonnes romaines descendirent vers la plaine. Le dictateur constata que les Carthaginois se mettaient partout en retraite. Il se mit en selle — contrairement aux lois anciennes voulant que le dictateur fût toujours à pied, il avait exigé à cause de son grand âge qu'on lui permît de commander à cheval — donc sous l'escorte de plusieurs escadrons il s'avança vers la plaine. Son chef d'État-Major, le sage et prudent Paul-Émile, chevauchait auprès de lui. Sur un petit mamelon, la troupe fit halte. Fabius observa longuement les mouvements de l'armée carthaginoise, puis à Paul-Émile :

— Que peut bien vouloir faire ce Barca (que Jupiter l'écrase!), il est en retraite sur tout son front, c'est positif. Depuis de longs jours il n'a cessé de nous offrir la bataille, aujourd'hui où nous l'y provoquons, il la refuse.

— Il prépare quelque nouveau piège, répondit le chef d'État-Major.

Le vieillard étendit la main et fit volter son cheval.

— Qu'on arrête les légions, Messeigneurs, et attendez mes ordres. Pas un pas de plus tant que je ne serai pas fixé sur les desseins du Suffète. La cavalerie est-elle partie?

— Oui, Seigneur, répondit un officier, c'est Marcus Minucius qui la commande.

— Qu'il soit prudent, dit Paul-Émile entre ses dents. Car on ne faisait pas toujours entendre raison à l'impétueux maître de la cavalerie.

L'État-Major remonta vers les légions qui avaient fait halte. Peu après la plaine retentit du choc des armes et des clameurs des combattants. Le maître de la cavalerie, sous prétexte de reconnaissance offensive, chargeait les escadrons espagnols. On les vit plier et prendre la fuite. Les légions applaudirent. Le vieux Fabius fronça les sourcils. A cette heure sa prudence lui faisait perdre la popularité que sa jeune audace donnait à Minucius.

Un officier arriva au galop de charge, tout chaud encore de la bataille. C'était presque un enfant, le propre petit-fils de Paul-Émile. Un peu intimidé d'abord par cette assemblée de vieillards vénérables et rébarbatifs, qu'était l'État-Major romain, il se remit de son émotion et de son essoufflement pour faire son rapport.

On ne rencontrait que la cavalerie numide. L'infanterie punique, se retirait rapidement par la route de Capoue. Les escadrons espagnols et gaulois couvraient le mouvement. On poursuivait à toute bride. Quintus Fabius haussa les épaules :

— Les Numides sont quelque part en embuscade. Va dire à Minucius que je lui défends de poursuivre; qu'il se replie au pied des hauteurs et attende mes ordres.

Le brillant officier de cavalerie salua, fit volter son cheval, et partit.

Une clameur s'éleva. Un peloton romain amenait un officier ennemi fait prisonnier. C'était un Gaulois de Lutèce, petite ville dans une île de la Seine. D'aventure en aventure il servait chez Annibal. Ce guerrier avait cru faire une promenade militaire. Trouvant la guerre longue et rude, il se rendait. Contre quelques pièces d'or il parla. Le Suffète, dit-il, persuadé que l'armée romaine, figée dans son attitude, n'oserait descendre des hauteurs, avait envoyé les Numides fourrager au delà de Capoue. Surpris par le mouvement de Fabius, il s'était mis en retraite dans la direction de sa cavalerie. Ce Gaulois pouvait être un émissaire d'Annibal. Cependant, ce qu'il disait parut plausible. Dans la soirée un officier de la police de Capoue, à la solde des Romains, vint confirmer les renseignements du prisonnier.

Alors le vieux Fabius, se voyant à la tête de quatre-vingt mille légionnaires et alliés, admirablement entraînés, rassemblés dans sa main, tandis que le Suffète avait à peine avec lui trente mille hommes, ses meilleurs régiments de cavalerie étant trop loin pour le secourir, résolut de profiter de sa magnifique position stratégique pour écraser d'un seul coup son terrible adversaire et assurer à Rome l'empire du monde. Il assembla ses principaux officiers, et, dans un mouvement d'enthousiasme, qui semblait le rajeunir, leur parla en ces termes :

— Seigneurs, vous avez souvent maudit la circonspection et la prudence de votre vieux général. Les plus jeunes parmi vous m'ont accusé de pusillanimité, c'est de leur âge. Ce que je voulais, c'était ne jouer la fortune de Rome qu'à coup sûr. Aujourd'hui les dieux nous livrent le Suffète, car nous sommes concentrés et il ne l'est pas. Tandis qu'il est en mouvement sur Capoue, pour rejoindre les Numides, je vais prendre l'offensive et dans une marche forcée, que nous exécuterons cette nuit même, lui couper la route, l'entourer et le forcer à combattre dans une situation désastreuse, privé de sa meilleure cavalerie. Le jour marqué par les dieux est venu, remercions-les donc. Avant de nous mettre en marche célébrons les sacrifices, interrogeons les augures, appelons sur l'armée les bénédictions de l'Olympe élevé...

Après ces interminables et accablantes marches Fabius prenait ses dernières dispositions tactiques. Il n'avait pas surpris l'armée phénicienne, car les éclaireurs que le prudent Annibal poussait en tous sens avaient éventé le mouvement romain. Mais dans sa marche de flanc Fabius avait devancé le Suffète à Capoue et mis garnison dans la ville. Puis il avait occupé les hauteurs qui assurent la rive droite du Volturne. Sa meilleure légion, la cinquième, campait sur la route. Ainsi il bloquait Annibal dans un immense demi-cercle. Peu à peu, de colline en colline, sans jamais descendre dans la plaine, il achevait par une savante manœuvre de cerner l'armée carthaginoise.

— Je les tiens, murmura le dictateur en se frottant les mains.

Le sage Paul-Émile, d'une nature peu expansive cependant, devint brusquement loquace, sa confiance réchauffait maintenant tous les cœurs, il sourit :

— Oui, nous les tenons. Nos jeunes têtes folles verront que les vieilles barbes blanches savent faire la guerre.

— Demain, à l'aube, attaque à fond sur tous les points, répondit Fabius. Si rien d'anormal ne survient, si les dieux nous favorisent (ceci passant avant tout), avant le milieu du jour l'armée carthaginoise sera détruite, et Annibal Barca pris ou tué.

Et bien que n'ayant pris aucun repos depuis bientôt deux jours, le vigoureux vieillard voulut avant la nuit examiner une dernière fois les positions des deux armées et donner lui-même le mot d'ordre. Il rentra dans sa tente plus confiant que jamais. Lui, toujours si réservé, dit en riant à un groupe de jeunes officiers qui, par déférence, se rangeaient sur son passage :

— Vous trouvez la campagne longue, rassurez-vous, la guerre sera finie demain.

En vérité ces jeunes gens, grands lecteurs des manuels de stratégie grecque, admiraient sans réserve la manœuvre de Fabius, une belle conception exécutée avec une parfaite maîtrise...

La nuit était venue, nuit épaisse et sans lune. Sur les hauteurs, les légions campaient en ordre de bataille, soigneusement couvertes par leurs grand'gardes. De la plaine où stationnait l'armée carthaginoise, nulle rumeur ne s'élevait.

Le premier quart de la nuit venait de s'écouler. Un officier vint dire au dictateur qu'on entendait des bruits suspects du côté des hauteurs qui de droite et de gauche dominent la route de Capoue. Quintus Fabius reposait tout armé. Sortant de son lourd sommeil de soldat, anxieux il vint devant sa tente. Le bruit s'accentua... Les grand'gardes romaines, assaillies sur ce point par les frondeurs et les archers, se replièrent sur les légions. Dans la nuit opaque on se prépara tant bien que mal à combattre. Puis, d'immenses clameurs s'élevèrent. De la vallée d'innombrables torches, de véritables feux mouvants, commencèrent à escalader les hauteurs. Ces feux montaient très lentement, Quintus Fabius, persuadé que l'armée carthaginoise éclairait sa marche pour mieux orienter son attaque, envoya l'ordre aux troupes de réserve de renforcer les légions menacées. Il manda également, sur ce point, Publius Corlian à la tête de huit cents velites alliés tirés de sa légion, mais lui défendit de s'engager sans son ordre formel.

Cette nuit impénétrable paralysait le généralissime romain. Il comprenait que l'initiative avait changé de camp. Une volonté plus forte que la sienne, celle du Suffète, allait mener la bataille. Il n'arrivait pas à prendre une décision.

Cependant les feux mouvants avançaient très lentement. Il se produisait dans la plaine un bruit insolite de troupes en marche.

Les deux tiers de la nuit s'écoulèrent ainsi. Les feux gagnaient toujours vers les légions. Elles attendaient immobiles, car le dictateur avait défendu de faire un seul mouvement, de peur de compromettre l'armée. Comme l'aube allait poindre, les archers et les frondeurs, qui n'avaient cessé de tirailler sur le front des légions, s'évanouirent. Les reconnaissances romaines, sorties des rangs, ramenèrent des bœufs. Ils portaient, attachés à leurs cornes, des fagots consumés. Le dictateur redouta quelque stratagème infernal. Au soleil levant, il constata avec stupeur et avec rage que l'armée phénicienne n'était plus dans la plaine. Ce désastre s'expliqua.

Le tribun Optius Faber tenait la route avec la cinquième légion. Voyant les feux gagner vers les hauteurs, il pensa que c'était là que se porterait le fort de la bataille, et craignit en restant au fond de la vallée d'être entouré. Bref, il jugea inutile de conserver la route, et porta ses manipules sur les collines avoisinantes. Annibal s'était immédiatement saisi du passage et avait fait sa retraite avec le gros de son armée.

Il ne restait dans la plaine que des troupes légères et des escadrons. Ils se dégagèrent sans peine grâce à la stupeur des Romains.

Dans l'après-midi, la deuxième légion, en garnison à la ferme des Fontaines, fut attaquée par un gros d'infanterie phénicienne et de cavalerie gauloise, masquées dans un bois touffu. Surprise, elle fut cruellement malmenée, perdit deux enseignes et beaucoup d'officiers.

Le lendemain, Annibal vint avec sa cavalerie numide, avec qui il avait fait sa jonction, assaillir les escadrons du magister equitum qui allaient à l'abreuvoir. Rompue à la première charge, la cavalerie romaine fut prise en flanc par une manœuvre habile du Suffète, qui obligea six cents cavaliers à mettre bas les armes, parmi eux, plusieurs représentants de la haute aristocratie romaine.

La cavalerie de Minucius, terrifiée, s'enfuit à toute bride et se réfugia sur les hauteurs auprès des légions, qui assistaient dans un morne silence à cette chevauchée.

Fabius, voulant protéger les débris de ses cavaliers, fit un mouvement vers la plaine. Parvenues au pied des hauteurs, les légions passèrent de l'ordre de route à l'ordre de bataille. Annibal à la tête de ses vétérans, invisibles dans la poussière soulevée par les évolutions des escadrons, chargea l'infanterie romaine en tête et se rabattit sur ses flancs. Le Suffète accomplit sa délicate manœuvre avec une rapidité foudroyante. Les légionnaires, surpris au moment où ils passaient d'une formation à l'autre, se débandèrent. Annibal les poursuivit l'épée dans les reins jusqu'à mi-pente, en faisant un grand carnage, ramenant plus de cinq mille prisonniers. Quintus Fabius se mit immédiatement en retraite, gagna les montagnes prochaines, s'y retrancha formidablement, et n'osa plus risquer un mouvement.

Après quoi, Annibal, prit sa route vers le nord et parvint, après de nombreux détours, dans le voisinage de Luceria, au moment où la moisson allait commencer.

Il avait traversé les contrées des Hirpini, des Campini, des Samnites, des Pœligni et des Frentuni, sans trouver la moindre résistance. L'Italie entière tremblait devant ses armes. Partout il levait des contributions de guerre. Il emportait un butin immense, son trésor regorgeait de richesses, le plus humble de ses mercenaires se croyait un grand seigneur.

Les villes ouvraient leurs portes à l'invincible général. Les régions agricoles s'empressaient de le ravitailler. Dans ses entrées triomphales les magistrats rivalisaient de bassesse et d'adulation; c'était à qui comparerait le Suffète au dieu Mars, ou à Jupiter lui-même.

D'un bout à l'autre du monde, du pays des Gettes aux colonnes d'Hercule, le bruit de cette terrible guerre emplissait les villes et les bourgs, on en parlait jusque dans les hameaux les plus lointains. En gardant leurs troupeaux, les bergers, assis au pied des hautes roches, traçaient sur le sol des plans de bataille et se racontaient les exploits d'Annibal.

A Carthage, dans le faubourg de Mégara, on divinisa le Suffète, les villes sujettes lui élevèrent des statues, dans les camps on jura par lui comme on jurait par Hercule.

Cet enthousiasme n'aveuglait pas Annibal. Les villes italiennes lui ouvraient leurs portes, mais de finesse en finesse, de conversation diplomatique en conversation diplomatique, toutes repoussaient, parmi les mots enjôleurs, son alliance et refusaient de se détacher de Rome. Ceci indiquait au général punique combien, malgré ses triomphes, sa situation était précaire. Rome pouvait supporter dix échecs sans faiblir, il était, lui, à la merci d'une bataille perdue. Il avait d'autres tourments. Malgré ses appels désespérés, Carthage ne le renforçait pas. A peine lui faisait-elle passer quelques officiers et quelques bataillons. Ni ses lettres, ni ses bulletins de victoires, ni les efforts de son parti, ne faisaient sortir la Gérousia de sa torpeur. Enfin le parti de la paix, toujours puissant, voulait traiter avec Rome à n'importe quel prix. Ses citoyens affaiblis et lâches, quelques-uns gagnés par l'or romain, étaient prêts à tout pour faire cesser la guerre.

Annibal résolut de tenter de nouveaux efforts diplomatiques pour dissoudre la ligue italique. Carthage l'abandonnant, il voulut se créer une base sur l'Adriatique, où il pourrait se ravitailler et faire reposer son armée. Mais il pensa d'abord à mettre à contribution les terres de l'ennemi. Il fit choix de longues et plates plaines qui fournissaient toutes sortes de provisions, et où, en cas d'attaque, il pourrait faire jouer sa cavalerie. Il édifia, à la manière romaine, un camp retranché à Gerunium, à cinquante mille pas au nord de Luceria. Les deux tiers de l'armée en sortaient chaque jour pour aller au fourrage, sur les indications de Marko-Ibas. Annibal, à la tête du reste de ses forces, protégeait ses convois et ses travailleurs. ,

L'époque des élections approchait. Quintus Fabius partit pour Rome, où le Sénat, de plus en plus inquiet de la tournure que prenaient les opérations, — et malgré quelques vagues succès en Espagne et d'heureuses opérations maritimes, tremblant qu'Annibal ne portât un coup mortel à la ligue italique, — demandait des explications. Aigri par la défaite, mécontent des autres et de lui-même, le vieillard, résolu plus que jamais à temporiser, à éviter toute rencontre avec les Carthaginois, remit le commandement de l'armée au magister equitum Marcus Minucius. Après l'avoir accablé de recommandations au sujet de la prudente conduite à tenir, il partit pour la ville.

Le maître de la cavalerie était jeune, impétueux et fort présomptueux. Il savait que l'armée d'Annibal avait des effectifs variables et peu sûrs. Présentement elle comptait tout au plus quarante mille hommes, beaucoup de soldats gaulois étant retournés chez eux pour jouir de leur butin. L'armée romaine, renforcée depuis sa défaite de Capoue, comptait de nouveau quatre-vingt mille hommes. Lorsque l'ardent Minucius se vit à la tête de cette splendide armée, il résolut de surprendre Annibal par son audace. Il vint établir ses camps à proximité des fourrageurs carthaginois et, à la tête de sa cavalerie, se porta au milieu d'eux. Le Suffète, surpris par cette brusque agression, ordonna une concentration rapide sur Gerunium et avec ses bataillons gaulois couvrit son mouvement. Durant cette retraite, l'infanterie gauloise eut un violent engagement avec la première légion ; elle était anéantie, si le généralissime, prévenu en grande hâte par Cot, n'avait pris en personne le commandement de ses bataillons, et n'était parvenu à les dégager à force d'activité et d'audace.

Le maître de la cavalerie rédigea des bulletins enthousiastes, annonçant la défaite du Suffète et sa retraite.

A Rome, l'orage se déchaîna contre Quintus Fabius, on le traita couramment de vieille baderne, les polissons des faubourgs le surnommèrent « le père escargot ». Le peuple vint conspuer le dictateur, tandis qu'on portait des palmes devant la maison du magister equitum. Marcus Terentius Varron, homme de basse naissance, devenu par son éloquence et son aplomb, questeur, édile et préteur, prit alors en main la querelle, et vint sommer le Sénat de déposer Quintus Fabius. Le tribun Metellius, parent du maître de la cavalerie, courait les carrefours, déclamant contre la stratégie honteuse du temporisateur, demandant à grands cris sa déchéance. Le Sénat regardait la dictature comme le palladium du parti conservateur, mais les menaces des propriétaires, dont les terres étaient ravagées par les Carthaginois, devinrent telles, que la Curie crut habile de tout concilier en nommant également dictateur le maître de la cavalerie et en lui donnant des pouvoirs égaux à ceux de Fabius. La moitié de l'armée fut confiée à chacun des deux généraux.

Au cours de ces débats, tandis que, tumultueuse la foule discutait dans les faubourgs et que chacun donnait son avis sur les dernières décisions du Sénat, nul ne prenait garde à un pauvre mendiant sourd et à moitié aveugle, qui tendait la main au coin des rues. Si la police romaine eût été plus vigilante, elle eût découvert, sous ces misérables haillons, un officier d'Annibal, et le capitaine Photidès, exécuté le jour même, n'aurait pu rapporter au Suffète les propos fort intéressants qu'il entendait...

Marcus Minucius, sans consulter son collègue, et d'ailleurs, obligé de justifier sur le champ de bataille son titre de dictateur, se mit en route sur Gerunium à la tête de quatre légions.

Annibal, tenu au courant par ses espions, savait jour par jour ce qui se passait à Rome. Le fractionnement de l'armée en deux corps n'échappa point à son œil infaillible. En conséquence, il manœuvra de telle manière que Minucius crut habile d'enlever aux avant-postes carthaginois une hauteur, qu'à dessein, ils occupaient faiblement.

Ce premier succès étourdit le magister equitum, dans la chaleur de l'action il poussa en avant et descendit en plaine, sur un terrain aux larges bandes cultivées, propres à produire les lupins aux frêles chalumeaux et la bruyante forêt des légumes résonnants dans leur cosse tremblante. Là, les légions furent soudain face à face avec l'armée punique. Elle les attendait masquée par de petits bois. Le jeune dictateur déploya son infanterie en ligne et chargea les Carthaginois. Ils se dérobèrent au choc, en pivotant autour de leur aile droite, puis, avant que les légions eussent pu rectifier leur ordonnance massive, Annibal se rabattit sur l'aile gauche romaine. Sur le point d'être enveloppée, elle lâcha pied, entraînant dans sa retraite le reste de la ligne de bataille. Lançant dans les intervalles des manipules ses vétérans d'Afrique, le Suffète transforma la retraite romaine en déroute. Les archers crétois et les frondeurs baléares, tenus soigneusement cachés jusque-là, sortirent de leur embuscade, et, tout en les criblant de traits, manœuvrèrent sur les deux flancs des fuyards pour les envelopper.

Quintus Fabius, du haut d'un tertre élevé, suivait d'assez loin les mouvements de son collègue. Il s'avança à la tête des quatre légions de la deuxième armée pour le secourir. La cavalerie carthaginoise le chargeant en tête et en flanc ralentit son mouvement. Le prudent vieillard, grâce à l'habileté de ses dispositions et à son expérience militaire, ne se laissa pas entamer, avançant au pas de charge il recueillit les fuyards.

Minucius galopa jusqu'au dictateur, s'excusa de sa folle audace, et l'appelant « son père », le supplia de prendre le commandement suprême, de sauver l'armée; lui-même, la tête perdue, ne se sentait pas capable de donner un ordre dans ce péril extrême.

Quintus Fabius, examinant promptement la position des deux armées, jugea la partie trop compromise pour qu'il fût possible de continuer le combat. Malgré les mouvements de révolte de ses officiers qui, se trouvant maintenant en force, pensaient qu'on pouvait livrer une seconde bataille et la gagner, il se résigna à perdre la journée pour éviter un désastre complet et se mit précipitamment en retraite, abandonnant la plaine que les morts romains couvraient abondamment. Grâce à sa supériorité numérique, et aussi à la promptitude et à la sagesse de ses dispositions, il réussit à déjouer le double mouvement enveloppant des Phéniciens. Il dirigea de violentes contre-attaques sur les ailes puniques et rompit le combat par échelons successifs. Il parvint à se dégager, mais au prix de pertes extrêmement élevées. Annibal, désespérant d'anéantir l'armée romaine, résolut d'exploiter sa victoire et lança sur Quintus Fabius en retraite toute sa cavalerie.

C'était sur la plaine un **galop furieux**, des hurlements féroces, que le **sifflement des flèches, le crépitement** des balles d'argile, accompagnait d'un bruit de grêle, en tapant sur les boucliers, sur le métal des armures, sur l'airain des harnachements. Dans cette grêle, passait, comme un ouragan de vent et de foudre, la cavalerie numide, laissant dans la poussière une odeur de laine brûlée et de fauve en sueur.

Les légions tout en reculant promptement conservaient soigneusement l'alignement des files et la cohésion des rangs. Couverts de leurs grands boucliers, les légionnaires piquaient les chevaux aux naseaux. Au milieu des colonnes, on entendait la voix des officiers supérieurs, annonçant les ordres de Fabius; les crieurs les répétaient de proche en proche. Chacun obéissait. L'armée reprenait confiance, elle se sentait dans la main d'un chef.

Commandant personnellement la sixième légion, le dictateur couvrait son mouvement de repli.

Le Suffète, exaspéré de cette résistance, accourut avec quelques escadrons espagnols. Il aperçut Fabius qui défendait le carrefour de la route avec la pointe de son extrême arrière-garde, forte de huit centuries. Il montait un grand cheval blanc. Publius Corlian le couvrait de son bouclier, attentif à le protéger. Le Suffète n'était pas à plus de soixante coudées. Les regards des deux généralissimes se croisèrent. Avec une terreur sacrée Quintus Fabius contempla l'homme extraordinaire qui faisait trembler le monde. Et le Suffète, profondément ému et frappé de respect par la majesté de ce vieillard plus qu'octogénaire qui, au plus fort de la tempête équestre, soutenait de son calme hautain les légionnaires ébranlés, ne voulut pas charger ce bataillon. Il commanda incontinent à ses escadrons de faire demi-tour et, saluant de son bâton d'ivoire son vénérable adversaire, porta son attaque sur une centurie voisine qu'il tailla en pièces.

L'armée romaine continua sa retraite; harcelée sans trêve par la cavalerie phénicienne.

Le soir au bivouac, Annibal dit à ses officiers, sur un ton ironique :

— Ce gros orage, amassé sur les montagnes, a fini par crever; ce n'était que simple pluie d'été!

Annibal après cette demi-victoire se retira sur Gerunium pour y passer l'hiver, se proposant de reprendre la campagne au printemps et d'en finir avec Rome si Carthage le renforçait à temps...

Malgré tous ces malheurs, l'orgueil des Romains restait entier et la Confédération italique inébranlable. Ce qui sauvait l'Italie c'était, plus encore que la structure solide de la Confédération, le mépris national que ces hommes de l'Occident portaient aux Orientaux et leur haine pour le général phénicien.

Cependant, de nouvelles légions étaient levées, et la plèbe condamnait l'inaction de Fabius; que n'avait-il soutenu plus vite son jeune collègue, il aurait pu gagner la bataille!... En vain il vendit ses biens pour racheter les prisonniers. Son maintien raide, sa morgue aristocratique, exaspéraient le peuple.

L'Espagne, la guerre maritime n'intéressaient plus. Que signifiaient ces succès lointains, alors que les Carthaginois étaient aux portes du Latium? Combien de temps encore laisserait-on Annibal ravager l'Italie? Et de nouvelles troupes s'organisaient et de nouvelles centuries accouraient des villes alliées. Dans le même moment le Sénat, sûr de ses propres forces et de celles de la Confédération, refusait avec de grands remerciements les donations offertes par Hieron de Syracuse et les villes grecques de l'Italie. Les chefs illyriens furent informés qu'on ne leur permettrait pas de retarder le payement de leur tribut. Le roi de Macédoine fut sommé, encore une fois, de livrer Demetrius de Pharos. C'est ainsi, qu'avec une inébranlable énergie, on faisait d'immenses préparatifs pour en finir au printemps. On comptait écraser le Suffète sous le poids et le nombre. Plus de stratégie prudente, il suffirait d'aller droit à l'ennemi et de le saisir à la gorge. Personne ne se demandait si les généraux, dont beaucoup n'avaient jamais fait que les guerres coloniales, sauraient manœuvrer de grandes masses? On croyait aux ruées inorganiques, dans une clameur furieuse. La plèbe romaine réclamait l'offensive, l'offensive à outrance, l'offensive partout et toujours!

CHAPITRE V

L'OFFENSIVE ROMAINE

Publius Corlian prenait le repas du soir à la villa de Quintus Cecilius Faber auprès de la belle Terentia Cecilia. Fiancés depuis quelques mois les deux jeunes gens attendaient avec impatience la fin de la guerre. Les extraordinaires entreprises du Suffète Annibal traversaient et contrariaient leur jeune amour. Terentia Cecilia avait maintenant vingt-deux ans, Publius Corlian vingt-neuf.

La jeune fille, accoudée à la table, le menton dans la main, dans une pose qui mettait en valeur son bras vigoureux, écoutait les deux hommes : ils parlaient de la guerre. Quintus Cecilius Faber avait perdu ses deux fils dans le désastre de Trasimène ; accablé de douleur, perclu de rhumatismes, il ne sortait guère de la villa et recueillait avec avidité les bruits qui couraient la grande ville.

Les esclaves desservirent, emportant les olives confites et le quartier de chèvre mariné au vin.

Une coupe de Falerne bue, les deux hommes causèrent avec plus d'abandon.

— Tu sais, disait Publius Corlian, où nous en sommes? Le peuple a condamné le système de temporisation de Fabius.

— Par Jupiter! Je suis de l'avis du peuple, Fabius en temporisant nous fera mourir à petit feu.

— C'est possible. Cependant, lorsque la plèbe raconte que le Sénat prolonge volontairement la guerre, afin que les riches puissent acheter à vil prix les villas ravagées par Annibal, je dis, à mon tour, qu'elle est stupide.

— Et tu dis bien.

— Seigneur, interrompit la jeune fille, vous êtes bien sévère, lorsque vous parlez du peuple.

Publius Corlian fronça les sourcils. Il désirait épouser Terentia Cecilia parce qu'elle était de bonne naissance, avait de la beauté et aussi parce qu'on prisait fort sa vertu. Mais, très attaché aux vieilles coutumes, il estimait que, sur certains sujets, une femme ne doit pas avoir d'avis. Le gouvernement de la maison et les soins à donner aux enfants sont les domaines qui lui sont propres. Il regarda fixement la jeune fille, elle soutint ce regard avec une paisible fierté, et il continua :

— On a donc résolu de donner une impulsion nouvelle à la guerre en formant plusieurs armées. La première, l'armée principale, destinée

à l'offensive, compte huit légions, dont l'effectif a
été élevé d'un cinquième sur le nombre ordinaire,
et une quantité correspondante d'alliés. Bref il y a
là quatre-vingt-quinze mille hommes d'infanterie,
moitié citoyens, moitié alliés, et six mille cavaliers, dont un tiers de citoyens et deux tiers d'alliés.
Ajoute que cette armée, dont je commande la cinquième légion, sera toujours maintenue aux effectifs que je t'indique ; elle est formée de ce que
nous avons de meilleur comme officiers et soldats.
Avec ces cent mille hommes très aguerris, qui
ne demandent qu'à combattre, nous devrions écraser comme une figue mûre les quarante-cinq mille
mercenaires du Suffète qui, eux, désirent uniquement jouir en paix du butin amassé.

— Qui va vous commander ?

— Tu as mis le doigt sur la plaie. Il ne pouvait
plus être question de Quintus Fabius. Le Sénat a
essayé d'assurer l'élection de consuls capables de
mener habilement la guerre. Étant donné l'état
d'esprit du peuple, ce dessein n'a eu d'autre effet
que de renforcer les soupçons et l'entêtement.
L'immense majorité a désigné Terentius Varron :
homme parfaitement incapable, soldat sans expérience. Il n'est connu que par son opposition vio-
lente au Sénat, n'a d'autre recommandation
auprès du peuple que son humble origine (c'est
un ancien boucher devenu avocat, tu le sais), son
effronterie et ses coups de gueule sur le Forum.

Fort heureusement, le Sénat a pu faire nommer aussi Lucius Paul-Émile, qui a fait ses preuves en Illyrie et auprès de Fabius. Mais, bon chef d'état-major, il n'a rien d'un généralissime. Ses anciens succès coloniaux l'ont gâté et il a plus de cœur que de tête; il est lent et trop prudent. Mais enfin, il a fait la guerre contre Annibal et a de l'expérience.

Cecilius Faber s'agita sur son siège :

— Je me suis laissé dire qu'une autre armée, forte d'une légion, et comptant de nombreux auxiliaires, devait, sous les ordres du préteur Lucius Postumius, opérer dans la vallée du Pô, pour y attirer les Celtes de cette région qui servent chez Annibal. Voilà une idée heureuse, si elle est exacte.

— Elle l'est.

— Que devient Quintus Fabius ?

— Il reste à la disposition du Sénat à la tête d'une armée de réserve dans le Latium. Il y a là plus de soixante mille soldats, parmi eux beaucoup d'excellents éléments. Sous la main énergique de Fabius ce sera une belle armée. Enfin le dictateur avait renforcé les fortifications de Rome et fait couvrir le Latium de forteresses. Même si nous avions un échec (ce dont les dieux nous préservent), je défie Annibal de s'y aventurer.

La causerie continua plus joyeuse. Après avoir passé en revue l'immense puissance militaire de Rome, les armées d'Italie, d'Espagne, des Gaules, d'Illyrie et de Sicile, les deux hommes sentaient une confiance parfaite les envahir. Terentia Cecilia s'étant retirée, en de gais propos, ils burent du Falerne jusqu'à une heure avancée de la nuit...

Campé en Apulie, Annibal savait très exactement, grâce à son service de renseignements, ce qui se passait à Rome. Il était inquiet et anxieux. Toujours vainqueur sur le champ de bataille, c'est en vainqueur qu'il entrait dans les villes, chevauchant sur une jonchée de fleurs parmi des acclamations et des adulations. A sa fantaisie il levait tribut et ravageait les provinces, mais il sentait bien qu'il n'était véritablement maître que de ses camps. Tous ces peuples qui se déclaraient ses amis dès que luisaient les lances de ses avant-gardes, Gaulois, Étrusques, Samnites, Lucaniens, Brutiens ou Grecs, n'avaient garde de renforcer une armée qu'ils tenaient pour barbare, dont ils n'entendaient point la langue, dont ils avaient les mœurs en exécration. Et le Carthaginois, terreur de Rome, se sentait épouvanté par l'indestructible puissance de ses adversaires. Au milieu des interminables négociations diplomatiques qu'il menait chaque jour pour dissoudre les alliances romaines, trouver des subsistances et recruter son armée, il avait encore mille autres soucis. Les renforts qu'il attendait d'Espagne et de Carthage ne paraissaient pas.

En Espagne les deux Scipions, Cneus et Publius, menaient une dure campagne contre Hasdrubal, son propre frère. Ils le refoulaient de l'Èbre sur Sagonte. Les Marseillais, alliés aux Romains, tenaient les côtes de la Gaule. La flotte carthaginoise inquiétait, il est vrai, les escadres romaines, mais sans rien tenter de décisif. Dans le Sénat le parti de la paix disait ouvertement qu'Annibal, toujours vainqueur et maître des ressources de la riche Italie, n'avait nul besoin de secours, et, d'ailleurs, qu'il était presque impossible de le ravitailler, en l'absence de bases sûres pour un débarquement.

Abandonné et presque trahi par son pays, le malheureux grand homme résolvait à peine une difficulté qu'une autre se présentait à lui. Présentement, malgré son riche butin, il manquait d'argent pour payer ses mercenaires. Aigris par le retard de leur solde, ses plus fidèles soldats murmuraient. Il restait au Suffète trente-cinq mille fantassins, dont sept mille vétérans d'Afrique, l'élite de l'élite, quatre mille Espagnols et deux mille Gaulois d'une sûreté éprouvée. Mais la masse de son infanterie était médiocre, composée d'alliés de la vallée du Pô toujours fantasques, ou de soldats découragés. Grâce à de maigres renforts il avait dix mille cavaliers, dont cinq mille Numides, ces impétueux soldats étaient la meilleure chance du Suffète dans la bataille.

L'approche de la grande armée romaine ne

trouva pas Annibal inactif, il se concentra dans l'Apulie maritime, et, pendant quelques jours, étudia à fond ces vastes plaines où sa cavalerie pouvait aisément se déployer. Il comptait suppléer à son infériorité numérique par la supériorité de ses manœuvres...

A la tombée de la nuit, Photidès guidait le Suffète le long des rives de l'Aufidus, à trente stades de la mer. Annibal étudiait minutieusement le terrain. Une exclamation lui échappa.

— Ah! que n'ai-je dix mille vétérans de plus! Ceux qui se sont noyés au passage du Rhône ou qui sont restés dans les gorges des Alpes!

Photidès leva la tête :

— Qu'as-tu donc, Seigneur?

Annibal eut un geste de lassitude et d'énervement.

— Voyons, Seigneur, toi toujours si calme, si...

— Qui serait calme, Photidès, si celui qui vous commande ne l'était pas? Oui, en apparence, je suis maître de moi, mais à un vieux serviteur je puis tout dire, si tu pouvais descendre en moi-même tu y verrais une terrible angoisse. Sais-tu que cette armée qui s'avance, formidable par l'armement et l'organisation, est immense. Ne serons-nous pas accablés par le nombre?

— Il est vrai que nous sommes numériquement très inférieurs. La bravoure romaine est chose que nul guerrier prudent ne doit mépriser. Mais, avantage qui vaut toutes les légions de la terre, nous avons ton génie.

Un pâle sourire erra sur les lèvres d'Annibal.

— Ainsi, tu crois, Photidès, qu'une fois de plus je vous mènerai à la victoire?

— Oui, Seigneur, oui. Vois-tu cette étoile qui se lève là-haut? C'est la tienne, Suffète, et ton génie brille parmi les hommes comme cette resplendissante lumière dans la nuit obscure.

Annibal arrêta son cheval.

— Écoute, mon vieux camarade, je médite et prépare une manœuvre foudroyante. Si elle réussit l'armée romaine sera détruite et les siècles éblouis graveront mon nom sur les tables d'airain comme celui du plus grand des capitaines...

La nuit était venue. Annibal gagna son camp. Il s'enferma dans sa tente, s'étendit sur un lit de repos. Ce grand seigneur, lettré délicat et artiste subtil, lut, jusqu'au petit jour, les poètes grecs et les traités de magie égyptienne...

Cependant, l'armée romaine, achevant sa concentration stratégique, se portait sur l'Apulie. Selon l'ancien et stupide usage, la voix prépondérante dans le conseil de guerre appartenait alternativement aux deux généraux en chef, jour par jour. L'envie d'en finir avec le Suffète était si grande, que les deux chefs, en se faisant des concessions réciproques, s'entendirent, et l'immense armée, se déployant interminablement sur les routes, chemina dans un ordre parfait vers l'Apulie.

En colonnes les légions s'avançaient. Dans les intervalles des manipules roulaient de grandes bannes d'osier chargées de piquets, de cordes, d'objets de campement. Plus loin venaient les balistes, les onagres, les scorpions, qui faisaient trembler la chaussée dans un roulement sonore. Les colonnes du train des équipages se devinaient dans la poussière.

Grâce à la maîtrise de la mer, le questeur Aureus Actor, qui remplissait les fonctions délicates d'intendant, recevait à temps ses convois maritimes. Le ravitaillement des légions fonctionnait normalement. La ration de blé pour l'infanterie était des deux tiers d'un médimne attique par mois, les cavaliers touchaient sept médimnes d'orge et deux de blé. Les alliés recevaient les mêmes rations que les Romains. La solde était fixée à deux oboles par jour pour les fantassins, quatre pour les centurions, les cavaliers touchaient une drachme. Les soldats, malgré la longueur des étapes, ne se plaignaient pas, ils se hâtaient vers le but assigné. Les hommes marchaient d'un pas pressé, les officiers s'activaient sur le flanc des centuries, stimulant à coups de bâton les retardataires. A perte de vue s'étendait l'armée. A droite et à gauche, des turmes de cavalerie la flanquaient. Depuis Trasimène on s'éclairait soigneusement. Mais la vigilance du service de sûreté ne pouvait empêcher des pointes de cavalerie ennemie de se montrer. C'étaient de petits groupes qui apparaissaient et disparaissaient. On les voyait surgir à la crête d'un coteau, s'arrêter, à la moindre menace, s'évanouir.

— La cavalerie punique ne semble pas très friande de la lame, ne put s'empêcher de dire un certain matin Varron; on voit que nous lui faisons peur.

Paul-Émile hocha la tête.

— Ces gens-là, répondit-il, sont les yeux du Suffète. Ils ont reçu mission d'observer, non de combattre.

Le même jour le magister equitum fut assez heureux pour capturer un officier ennemi dont le cheval s'était abattu. C'était un beau jeune homme, grand et mince, portant une armure de prix. Amené devant les consuls et le proconsul, il refusa d'abord de donner la moindre explication. L'interprète lui ayant annoncé une magnifique récompense s'il consentait à parler, d'horribles supplices s'il persistait à se taire, l'officier punique déclara qu'il avait reçu mission de suivre, pas à pas, l'armée consulaire et de tenir le Suffète au courant de ses mouvements.

L'État-Major prescrivit au magister equitum

de battre au loin la campagne et d'envelopper les légions en marche dans un infranchissable réseau. Les patrouilles phéniciennes, bien montées et très exercées, n'en réussirent pas moins à exécuter journellement des pointes audacieuses, et l'armée consulaire sentit constamment peser sur elle le regard d'Annibal.

Bien qu'on fût à peine au début de l'été, la chaleur était forte, les légionnaires rudement chargés, suant sang et eau sous le poids de leurs armes et du filet contenant provisions de bouche et équipement, cheminaient lourdement. Parfois du sein des tourbillons de poussière une chanson s'élevait, d'autres fois des plaisanteries à l'adresse des officiers, car la sévère discipline romaine autorise ces sortes de choses.

Publius Corlian chevauchait à demi somnolent, avalant la poussière. A la tête de son brillant état-major, Varron parvint à sa hauteur. Le général populaire cherchait, par une amabilité un peu grosse, à triompher de la froideur du patricien. Il le frappa amicalement à l'épaule.

— Quelle belle légion, cette cinquième, à la voir on devine son chef.

Publius Corlian, sensible au compliment, sourit. D'ailleurs, si le général démocrate était parfaitement vulgaire, c'était un fort brave homme, qu'un ardent patriotisme animait.

Terentius Varron continua :

— Oui, nous allons écraser le Suffète sous le poids de quelques bonnes légions comme la tienne. Nous fortifierons notre camp et nous attaquerons ensuite... ici dans la plaine...

— Le long du fleuve?...

— Oui, ces longues prairies seront le tombeau de l'armée punique. Ce fleuve que tu vois là, c'est l'Aufidus. Cette petite ville dont les toits brillent au soleil, c'est Cannes.

CHAPITRE VI

CANNES

Depuis que, par un coup de main heureux, le Suffète avait enlevé la citadelle de Cannes, et acquis ainsi, avec une belle position, un riche magasin, les deux armées s'observaient. Annibal n'était pas sans être inquiet sur l'issue d'une rencontre, mettant aux prises son armée de cinquante mille hommes — dont beaucoup étaient franchement médiocres — et l'armée consulaire forte de plus de cent mille soldats de premier choix, appuyés sur un réseau de forteresses. Semblable à un habile escrimeur qui tâte le fer de l'adversaire et fait des feintes sans se découvrir, le Suffète, replié sur lui-même et couvert par sa cavalerie, attendait les consuls à leur première faute.

Les chefs de l'armée romaine, confiants dans leur supériorité numérique et dans la bravoure de leurs soldats, étaient résolus à en finir. Mais, arrivés au contact d'Annibal, la crainte que son nom seul inspirait, agit, et ils s'arrêtèrent. Terentius Varron, dont la jactance venait de tomber, suivit les inspirations du sage Paul-Émile, qui recommandait plus que jamais la prudence et la circonspection.

Ainsi s'observant et se tâtant sans cesse, les deux armées jouaient serré.

Paul-Émile établit deux camps; l'un sur la rive droite de l'Aufidus, le plus grand; l'autre, de médiocre importance, sur la rive gauche. Il les fortifia soigneusement. Les prés, les vallons, les bois, disparaissaient, éventrés, troués, bouleversés, par les pelles et les pioches des soldats, creusés en tranchées, soulevés en parapets, dont la blancheur éclatait au soleil d'été. Chaque nuit les éclaireurs d'Annibal entendaient un sourd travail de rongeurs, comme le grignotement d'une armée de taupes.

Chaque matin c'était une redoute nouvelle qui montrait ses murailles blanches.

Le Suffète tenta de gêner ces travaux. Les Romains repoussèrent sans peine les coups de main des Puniques. Les camps étaient maintenant couverts par deux fossés et un rempart en terre haut de six pieds.

Les Romains sortaient de leurs camps pour harceler le Suffète et inquiéter son ravitaillement. Annibal n'avait pas le moyen de forcer les camps, encore moins d'aller assiéger Rome, il manquait de bases et de magasins réguliers et voyait avec terreur son armée inquiète et affamée sur le point de se désorganiser. Seules, sa présence et l'idolâtrie qu'avaient pour lui les soldats, les maintenaient dans le devoir. De plus en plus angoissé, ne voulant pas se laisser entraîner à une guerre de tranchée qui serait sa perte, le Suffète cherchait, sans le trouver, quelque stratagème pour en finir.

Cependant les vivres s'épuisaient, il restait pour dix jours de blé au plus. Le général carthaginois se demandait avec angoisse s'il ne serait pas obligé de se replier sur l'Italie du Nord.

Aux camps des consuls comme à Rome, il y avait le parti du pédantisme militaire, de ceux qui se disaient classiques. Dans l'art de la guerre comme en toute chose, le faux classicisme est un refuge assuré pour la médiocrité d'esprit. Les classiques réclamaient l'offensive, « car, disaient-ils, seule elle procure les succès ». Ils estimaient qu'en toute circonstance il faut attaquer, imposer sa volonté à l'adversaire. Une armée qui reste immobile, clamaient-ils, qui se retranche, est une armée perdue, le meilleur des boucliers c'est la poitrine des soldats. Seule est victorieuse l'armée qui manœuvre dans le temps et dans l'espace, et qui sait attaquer; ils ajoutaient en parlant de l'offensive : « Oui, elle, toujours elle, allons à l'extrême et ce ne sera pas assez ! »

— On croirait ces imbéciles payés par le Suffète, murmurait Paul-Émile, lorsqu'on lui rapportait les propos des partisans de l'offensive à outrance.

Depuis que de telles opinions couraient les camps, Terentius Varron se souvenait volontiers qu'elles étaient les siennes, et le général plébéien estimant le Suffète à bout de forces résolut de brusquer les choses. Il fut pressant, insinuant, assiégea sans cesse Paul-Émile ; et finalement, le jour où il aurait voix prépondérante dans le conseil, résolut de porter l'armée romaine en bataille au-devant des Carthaginois. S'ils refusaient le choc, il les assiégerait dans leur camp. De toute manière, disait-il, avant que le soleil se fût levé trois fois sur l'Adriatique, l'armée du Suffète serait battue ou cernée, et l'Italie délivrée de son cauchemar.

Un matin, son jour de commandement venu, Varron fit déployer le drapeau rouge, signal du combat. Puis, ayant laissé dix mille hommes dans les camps romains pour s'emparer du camp carthaginois pendant la bataille, et intercepter la retraite de l'ennemi par la rivière, il se porta en avant. Le gros de l'armée passa le fleuve, à cette époque à sec, pour prendre position entre le grand camp romain et celui des Carthaginois, dans cette vaste plaine longue de plus de quinze mille pas qui s'étend auprès de Cannes, où avaient eu lieu tant de combats d'avant-poste.

Pendant la journée, l'armée manœuvra fiévreusement, le surlendemain elle était trop compromise pour faire retraite, même si l'État-Major l'eût voulu.

L'été était ardent, les armures romaines étincelaient. Lorsqu'il vit, au jour levant, cette armée immense se mettre en bataille, Paul-Émile ne voulut plus douter du succès. Les deux consuls à cette heure grave oublièrent leurs dissentiments. S'excusant mutuellement sur les mots rudes qui leur étaient échappés au cours des discussions, ils se réconcilièrent publiquement et s'embrassèrent. Les sacrifices célébrés et les augures ayant lu dans les entrailles palpitantes des victimes un destin propice pour Rome, ils montèrent à cheval. Varron par déférence céda le pas à son collègue beaucoup plus âgé que lui, déclarant s'en remettre à sa vieille expérience de la guerre. Après un échange de politesses, c'est en plein accord que les deux généraux arrêtèrent leurs dispositions de combat.

Redoutant quelque manœuvre foudroyante de leur terrible adversaire, comme à la Trébie et à Trasimène, les consuls pensèrent qu'il était bon d'être fort partout et résolurent d'opposer aux mouvements savants du Suffète la rigidité de l'ordre linéaire.

Ils déployèrent donc leur infanterie sur une ligne droite. Pour la rendre à la fois impénétrable et irrésistible au choc, ils adoptèrent une formation peu développée, n'ayant pas plus de trois mille pas de front, mais très dense et très compacte. Les hastati et les principes se rangèrent sur trente-deux rangs de profondeur, les triarii sur dix-huit. Les légionnaires étant ainsi entassés sur quatre-vingt-deux rangs, les trois quarts d'entre eux avaient beaucoup de chance pour ne pas combattre. Cette remarque Publius Corlian la fit à l'officier de Paul-Émile qui lui portait les ordres. Mais l'outrecuidance des états-majors n'aime point à tenir compte de l'expérience des combattants. Que la remarque ait été ou non transmise, rien ne fut modifié dans l'ordonnance romaine. Les légions devaient avancer dans cet ordre en maintenant leur alignement. Marcher droit à l'armée carthaginoise (chose aisée dans cette plaine sans obstacle) et la broyer sous le choc : « comme un rouleau écrase le blé mûr », venait de dire Varron à ses officiers.

Les consuls, conformément à la méthode classique, avaient leur cavalerie aux deux ailes. Les cavaliers romains à l'aile droite, non loin des rives de l'Aufidus; les cavaliers alliés à l'aile gauche. La cavalerie romaine, comme celle des alliés, avait fait de grands progrès.

Paul-Émile se porta à l'aile droite où se trouvaient en majorité les troupes romaines. A son ordinaire il était grave, et les yeux tournés vers le ciel ne cessait d'invoquer le grand Jupiter. Terentius Varron prit le commandement de l'aile gauche que formaient les alliés. Bien que sa bravoure fût grande, c'était la première fois qu'il rencontrait le Suffète en bataille rangée; il cachait mal, sous une activité fébrile, son trouble profond. Le proconsul Gneus Servilius, vieux soldat blanchi sous le harnais, commandait au centre.

Dans cette formation la grande armée romaine se mit lourdement en marche.

Prévenu dès la veille par ses éclaireurs, le Suffète se porta de grand matin dans la plaine. Il reçut les rapports de sa cavalerie. Pas de doute, toute l'armée romaine était là. Annibal donna des ordres. Franchissant aussi le fleuve, les têtes de colonnes de l'infanterie phénicienne ne tardèrent pas à se montrer. D'un temps de galop, le généralissime se déplaça, fit halte au sommet d'une des redoutes qui couvraient la ville, et, penché sur l'encolure de son cheval, les sourcils froncés, examina soigneusement l'ordonnance romaine. Un silence de mort planait sur l'État-Major, chacun retenant son souffle, se gardait de troubler la méditation du Suffète. A l'aspect de cette grande armée s'avançant dans un ordre rigide et imposant, plus d'un parmi ces officiers, trempé par vingt batailles, sentit son cœur se serrer. Alors tous, dans un mouvement de suprême espoir et de confiance ingénue, se tournèrent vers leur chef. Comme le berger du désert interroge le sphinx, leurs yeux scrutèrent le visage du grand seigneur carthaginois. Le front du Suffète demeurait impénétrable, ses yeux ne quittaient pas l'armée romaine. Il montait ce matin-là son pur sang favori Tête de Taureau. Le cheval, aguerri par plusieurs années de campagne, demeurait insensible au fracas des armes et aux appels des trompettes. Annibal laissant flotter les rênes restait silencieux et maître de lui. Enfin, il se tourna vers ses officiers et d'une voix calme :

— Nous allons livrer bataille, Seigneurs, voici mes ordres.

Quelques jeunes lieutenants sautèrent de cheval, mirent un genou en terre; sur l'autre genou ils posèrent des tablettes et, le style levé, attendirent. Annibal dicta. Les officiers glissèrent les tablettes dans leur ceinture, s'enlevèrent en selle et galopèrent à toute bride. Peu après, parmi les commandements et les cris d'airain des trompettes, l'armée carthaginoise se mit en ordre de bataille.

Photidès appela Cot.

— Regarde bien, ami, et prenons une leçon de

tactique. Les Gaulois et les Espagnols, soit trente mille hommes, offrent un front égal à celui de l'infanterie romaine, et à l'œil il y a là quatre-vingt mille légionnaires.

— Pourquoi une formation aussi étendue, donc facile à enfoncer ?

— Annibal doit avoir ses raisons. Observe encore. A chaque aile il y a près de quatre mille vétérans qui débordent l'infanterie romaine au moins de quatre cents pas...

Un mouvement se produisit dans la ligne carthaginoise.

Maintenant l'infanterie d'Annibal se portait d'un pas lent à la rencontre de l'infanterie romaine, sur un front mince de quatre mille huit cents pas environ. Elle était rangée en forme de croissant dont la convexité était face à l'ennemi. Les unités étaient échelonnées de part et d'autre à partir du point milieu.

Les troupes celtes et ibériennes, avec leurs armures nationales, formaient la partie saillante du centre; les Lybiens, armés à la romaine, les ailes fuyantes sur les deux côtés.

Les trompettes de la cavalerie se firent entendre. Cot et Photidès prirent leur poste de bataille.

A l'aile gauche s'échelonna la grosse cavalerie punique, gauloise et espagnole, sous les ordres d'Hasdrubal. A l'aile droite la cavalerie numide, sous Bolmicar, déploya ses légers escadrons...

C'était une belle journée d'été. Le grand ciel, d'un bleu dru, brillait d'un pur éclat. Un parfum puissant et doux montait des buissons fleuris. Les belles terres fécondes, les arbres vigoureux, les grandes prairies herbeuses, disaient les joies de vivre sous l'ardeur puissante de midi.

A quinze cents pas en avant des lignes minces de l'infanterie carthaginoise, une immense barre de poussière flottait. Annibal Barca étendit la main :

— Allons au rendez-vous de nos seigneurs de Rome.

Il fit alors modifier légèrement l'axe de sa marche, pour que les Romains, répondant à son mouvement, combattissent face au vent et au soleil.

Il régnait sur la plaine un silence auguste et émouvant, troublé par la voix sèche des capitaines d'État-Major, jetant en grec les ordres du Suffète, et le murmure des officiers subalternes qui, sur toute la ligne de bataille, les répétaient, en les traduisant chacun dans le dialecte de sa nation.

Soudain, le nuage de poussière au-devant de l'armée carthaginoise sembla s'ouvrir, des formes casquées et cuirassées en jaillirent, isolées d'abord, puis en masses compactes. Une profonde forêt de pila s'aligna et trembla au soleil, les enseignes brillèrent, les vexilla flottèrent, l'appel mordant des cors et les sonneries vibrantes des trompettes retentirent.

Dans l'armée carthaginoise on y répondit par le mugissement des trompes, le ronflement des tambourins sacrés, les clameurs des combattants.

Les deux armées étaient face à face, à huit cents pas l'une de l'autre.

Cet espace fut incontinent diminué par les archers et les frondeurs. Ils avancèrent, de part et d'autre, au-devant des lignes de bataille. On entendit siffler les traits et ronfler les balles. Ces guerriers, armés à la légère, étaient plus nombreux du côté de l'armée romaine, mais c'étaient de simples auxiliaires, pâtres de l'Étrurie ou bergers du Latium, frondeurs et archers d'occasion. Les Baléares et les Crétois d'Annibal, vieux soldats de métier admirablement exercés, tiraient plus vite et plus juste. On percevait le crépitement des projectiles sur les casques et les boucliers romains, aussi nourri que celui de la grêle sur une toiture d'ardoise. On voyait des légionnaires s'affaisser sur les rangs, la cuisse percée d'une flèche, ou gagner l'arrière en chancelant, la tête ensanglantée. Les officiers, facilement reconnaissables à leurs insignes, servaient de but aux tireurs d'élite.

Les Romains n'avançaient plus que lentement, en enjambant les corps des leurs, mais ils avançaient!

Sur le centre d'Annibal, dont la convexité proéminente bombait très en avant de la ligne de bataille, accouraient les troisième, quatrième, cinquième et sixième légions. Varron, Paul-Émile et Gneus Servilius, pensant que le Suffète avait l'intention de les percer au centre, voulaient immédiatement envelopper ce saillant menaçant et l'anéantir.

Tout en menant sa légion, Publius Corlian se demanda si la formation prise par le Punique ne cachait pas un piège. Gêné par le vent et le soleil il ne put observer exactement le dispositif carthaginois. Il eut d'ailleurs sur-le-champ d'autres soucis. On faisait reculer les archers. Les légions reçurent l'ordre d'accélérer leur mouvement.

En un long murmure, le mot d'ordre passa pour la deuxième fois, c'était : « Jupiter sauveur et Rome immortelle. »

Les consuls comprenaient que c'était une faute de laisser le combat de tirailleurs traîner et par leur ordre les légions prirent le pas accéléré. Tout en avançant à vive allure les premiers rangs envoyèrent une volée de pila pour déblayer le terrain. Plus d'un tireur d'Annibal, atteint en pleine poitrine, au moment où il allait détendre l'arc ou faire tourner la fronde, tomba la face en avant, la pointe du javelot ressortant entre les épaules.

Les manipules de la deuxième et de la troisième

ligne apparurent à leur tour. Chaque soldat faisant tournoyer le pilum sur sa tête, grâce à l'amentum qui était fixé entre ses doigts, lui imprimait un mouvement de rotation sur lui-même, qui empêchait le javelot de chavirer sur sa trajectoire. A l'infanterie gauloise, ces dards étaient destinés. Les légions se massaient autour d'elle. Mais l'ordonnance vicieuse prise dès le début de la bataille fit que la moitié à peine des légionnaires put lancer le pilum. Paul-Émile qui venait de rejoindre Gneus Servilius sur le front de l'infanterie comprit quelle grave faute tactique avait été commise. Il était trop tard pour la réparer. Il résolut de précipiter son attaque et de passer au corps à corps.

— Voici le moment de délivrer Rome de son fléau, dit-il. Poussant son cheval en avant de la cinquième légion, il dégaina, en commandant :

— En avant, au glaive!

Les officiers répétèrent l'ordre du Consul. Quatre-vingt mille glaives brillèrent au soleil. Accélérant leur allure, sans déranger leur massive ordonnance, les légions foncèrent droit devant elles.

Le jeune Magon commandait le saillant carthaginois. Ne voulant pas recevoir le choc immobile, à son tour il se porta en avant. Les fantassins gaulois coururent sur les légionnaires. Tout de suite on croisa les piques contre les glaives romains. Les légionnaires, habiles à l'escrime, écartaient les longues perches, et, souples, se couvrant les épaules et le flanc du bouclier, ils tenaient en haleine leurs adversaires par des feintes, par de rapides coups trompeurs qui faisaient miroiter les lames triangulaires, par des moulinets au jeu vif, prompt et foudroyant, puis, d'un seul coup, enfonçaient leurs glaives dans cès poitrines sans armures, où ils trouvaient aisément le chemin du cœur.

Les géants blonds, malgré les ordres du Suffète, combattaient nus sous leurs boucliers, par bravade et forfanterie. Ils répondaient à grands coups d'épée, ayant abandonné leurs piques. D'autres faisant tournoyer d'énormes massues de chêne, brisaient les crânes dans les casques, désarticulaient les bras et les jambes, enfonçaient les têtes dans les épaules.

Malgré leur bravoure, les Gaulois cédaient devant les légionnaires, aussi courageux, plus disciplinés, mieux armés, très adroits à l'escrime, quatre fois plus nombreux qu'eux, renforcés d'instant en instant par de nouvelles centuries. Gneus Servilius jetait sans cesse des troupes fraîches à l'assaut du saillant gaulois. A l'instant on l'entendit qui appelait ses réserves :

— Allons, Fabius, ces trois centuries! Hâte-toi, Claudius, tes hommes ne seront pas de trop.

Et les rangs romains s'épaississaient.

Marcus Minucius combattait en tête des légions, cherchant à réparer, par son activité et son courage, les graves fautes commises pendant la campagne précédente, il ne cessait d'exciter ses hommes et les poussait droit devant lui.

L'infanterie gauloise reculait lentement.

A sa droite et à sa gauche, les Espagnols, qui s'engageaient maintenant, supportèrent le choc avec leur impassibilité accoutumée. La mêlée continua, furieuse. Guidés par les officiers d'état-major, envoyés spécialement par le Suffète, Gaulois et Espagnols continuèrent à reculer, sans se laisser entamer.

Immobiles sur leurs chevaux, groupés derrière leur chef au sommet d'un tertre, les officiers de l'état-major phénicien suivaient avec anxiété l'action qui, d'instant en instant, allait grandissant.

Annibal jeta un long coup d'œil sur le champ de bataille. Docile à ses instructions, l'infanterie gauloise au centre, l'espagnole au centre droit et au centre gauche continuaient à rompre, attirant sur elles la presque totalité de l'infanterie romaine, qui rabattait de plus en plus ses ailes sur le centre où elle s'entassait. Si bien qu'aux deux extrémités de la ligne de bataille les vétérans d'Afrique, immobiles dans la poussière, n'avaient personne devant eux.

A l'aile droite, la cavalerie numide était aux

prises avec les cavaliers alliés, casqués et cuirassés, de Varron. Comme chassés par un vent de tempête les Numides galopaient à toute bride. A la mode africaine ils poussaient des cris sauvages qui affolaient leurs étalons nerveux. Assaillis par cet ouragan de manches flottantes et blanches, de faces brunes, où les yeux noirs luisaient comme des escarboucles, de coursiers furieux qui se cabraient et mordaient, les alliés italiques se défendaient avec énergie.

Annibal fronça les sourcils; pour la première fois les Numides étaient tenus en échec par la cavalerie italienne.

Sur l'aile gauche, un nuage de poussière, dense et impénétrable, flottait, on entendait des clameurs furieuses, des bribes de commandement en patois du Latium, en dialecte gaulois, en ibérien, en langue grecque. Le sol tremblait sous le galop de la cavalerie. Du nuage de poussière un cavalier sortit; il se hâtait vers le Suffète; c'était Photidès. Il accourait, brandissant un glaive dégouttant de sang. D'un coup sec, sur les rênes de bride, il arrêta son cheval.

— Bonne nouvelle, Seigneur! Hasdrubal a rompu et battu la cavalerie romaine. Suivant tes instructions il l'a d'abord séparée de son infanterie, c'est Cot qui a fait le coup avec ses escadrons; puis, se rabattant en équerre tandis que nous chargions en face, il nous a aidés à précipiter les Romains dans la rivière. Pas de prisonniers, nous avons tout taillé en pièces. Victoire complète. Tes ordres, Seigneur ?

Le visage du Suffète s'éclaira :

— Dis à Hasdrubal de courir à toute bride au secours des Numides et qu'il nous débarrasse de la cavalerie italienne. Un de ses corps, incapable sans doute de combattre à cheval, a mis pied à terre, celui-là aurait aussi bien fait de se rendre pieds et poings liés ! Lorsqu'il en aura fini, qu'il laisse les Numides poursuivre, et qu'à la tête de la cavalerie lourde rassemblée derrière l'armée romaine, il attende mes ordres en laissant souffler les chevaux.

Photidès inclina la tête et partit au galop. Le Suffète rendit la main, piqua des deux, et se dirigea vers le centre de sa ligne.

La lutte d'infanterie se développait en grandissant et faisait rage. Les Romains, vainqueurs au centre, pressaient de plus en plus l'infanterie ennemie et la rompaient par endroits. La ligne carthaginoise, au début de la bataille, formait un croissant, dont la convexité très accentuée se présentait aux Romains ; elle s'aplatissait maintenant, puis se creusait en sens inverse, et devenait un croissant dont les pointes étaient face aux Romains, et dont le centre, en ouvrant constamment devant eux sa concavité, les attirait. Les légions de droite et de gauche avaient constamment appuyé vers le centre. Elles se ruaient à la suite des Espagnols et des Gaulois en retraite, et s'engouffraient dans l'immense demi-cercle que dessinait la ligne carthaginoise.

Aveuglés par la poussière que le vent leur rabattait au visage, par le soleil qui luisait droit dans leurs yeux, les Romains avançaient sans se rendre compte du nouveau dispositif que présentait la ligne punique.

Le Suffète, à cheval derrière les rangs gaulois, dirigeait la retraite. Il était temps de l'arrêter, les lignes ibériques et gauloises craquaient. Les escadrons lybiens de l'escorte mirent pied à terre. Sous les ordres directs du généralissime, ces hommes d'élite vinrent appuyer le centre gaulois au fond du croissant. Les archers et les frondeurs, rangés à quelque distance en arrière des fantassins puniques, tirèrent par-dessus leurs têtes sur les légionnaires, en foule si dense que tous les coups y portaient.

Publius Corlian, à cheval au milieu de la cinquième légion, à la pointe de l'armée romaine, jeta un regard inquiet autour de lui. Dans l'ivresse de la poursuite les légions s'étaient enchevêtrées les unes dans les autres. Les soldats étaient si étroitement serrés qu'ils ne pouvaient plus se servir de leurs armes. Légions, manipules, centuries, tout était confondu, ce n'était plus une armée, mais une foule, un troupeau, haletant et trempé de sueur, que les tirailleurs du Suffète criblaient de balles et de flèches.

Corlian se mordit les lèvres et interpella ses officiers.

— Il faut absolument foncer droit devant nous et percer au centre; nous sommes coincés dans un traquenard. Nous serions perdus si une attaque de flanc se produisait!

Publius Corlian se taisait à peine, que les sonneries brutales des clairons puniques percèrent l'air. Jetés en langue grecque des commandements retentirent. Les deux ailes extrêmes, formées des vétérans d'Afrique, entraient en jeu. Ces soldats d'élite, n'ayant rien devant eux, se rabattaient sur l'armée romaine pour l'envelopper.

Ceux de droite firent par le flanc gauche et vers la gauche en bataille. Ceux de gauche le mouvement symétrique. Et surgissant de la poussière, ayant lancé le pilum dans la masse grouillante de leurs adversaires, les vétérans d'Afrique dégainèrent et chargèrent tête baissée. Les manipules, pris de côté ou à revers, ne pouvant opposer aucune résistance, les ailes extrêmes de l'armée carthaginoise s'enfoncèrent dans les flancs de l'armée romaine comme des coins d'acier dans un bloc de sapin.

La masse compacte des légions craqua, oscilla. De droite et de gauche, quelques centuries, agissant de leur propre initiative et comme d'instinct, tâchèrent, tant bien que mal, de faire front à la nouvelle attaque. Elles n'y réussirent pas. Ces lourdes colonnes ne pouvaient manœuvrer. Les hommes refluant les uns sur les autres, se serraient, se pelotonnaient, au point que l'espace leur manquait pour jouer du glaive contre les vétérans d'Afrique, qui, enfonçant, comme à coups de bélier, les rangs confondus de leurs ennemis, traversaient et mettaient en pièces ces beaux bataillons, comme s'ils eussent été de misérables troupeaux.

Cependant, soulagés par la pression des vétérans, Gaulois et Espagnols, cessant de reculer, revinrent à la charge. Sur les légions courut le vent de la défaite.

Les consuls et le proconsul, stupéfaits, anéantis par la surprise, reprenaient à peine leurs esprits, que les trompettes de la cavalerie punique jetèrent leurs notes brèves. Hasdrubal, vainqueur des Romains et des Italiques, poursuivis par les seuls Numides, chargeait l'infanterie romaine en la prenant par derrière.

Les lourds escadrons gaulois et espagnols, lancés à fond de train, tombèrent de toute leur masse sur les rangs des légions et les rompirent.

Galopant parmi les files ouvertes, s'excitant à tuer, ivres de carnage, les cavaliers d'Hasdrubal taillaient en pièces les légionnaires, les sabraient sans pitié, tandis que, jetant leurs armes, ils fuyaient, ne trouvant nulle issue. Foule désunie et désorganisée, ils tournaient en cercle, se heurtaient les uns aux autres, trébuchaient, tombaient. Et les cavaliers gaulois et espagnols, juchés sur leurs grands chevaux, frappant sans relâche du glaive ou de la lance, massacraient ces malheureux soldats, comme sur la mer Tyrrhénienne les pêcheurs massacrent les thons enveloppés dans leurs filets.

Ce fut le coup de massue final, la déroute commença.

Paul-Émile, quoique blessé dès le début de la bataille, restait à cheval dans la mêlée, se raidissant contre la douleur, sa figure était blême. Profitant d'un remous il rejoignit Publius Corlian.

— Tes ordres? demanda le tribun,

— Quels ordres puis-je te donner? Mourons pour ne pas voir la chute de Rome, répondit le Consul, en brandissant son glaive.

Et se dévouant à haute voix aux dieux infernaux pour le salut de la patrie, il fonça au plus épais des rangs puniques où il tomba criblé de coups.

Publius Corlian espérant sauver sa légion, la seule troupe de l'armée qui eût encore une apparence militaire, jeta un ordre à ses centuries de tête, qui combattaient avec une énergie désespérée.

— En coin pour l'attaque!

Les légionnaires obéissaient à sa voix, lorsqu'un manteau vert brodé d'or passa en flamboyant sur les cuirasses d'acier; une furieuse acclamation s'éleva des rangs phéniciens.

— Le Suffète! le Suffète!... Vive Annibal Barca!

— En avant! mes amis, en avant partout! finissons-en! répondait le généralissime.

Les trompettes d'airain portaient son ordre aux quatre coins du champ de bataille. Dans une ivresse furieuse, dans un élan irrésistible, les mercenaires chargeaient de toute part.

Les Romains entourés, rompus, désunis, ne combattaient plus que par petits groupes. Dans chaque légion les officiers et les soldats d'élite, roulés en boule autour des enseignes, se faisaient tuer sans demander quartier; leur courage était vain. Dans une poussée tumultueuse le cercle d'acier se resserrait de plus en plus, étouffant, broyant, cette foule désorganisée.

L'égorgement commençait...

Semblable à une statue de bronze, Annibal, impassible sur son cheval arrêté, contemplait l'agonie de l'armée romaine.

Tout était accompli.

Des monceaux de morts, parmi des mares de sang, couvraient la plaine.

Déjà de toute part, des officiers joyeux et rapides portaient au Suffète des renseignements. Le jeune Sisbée accourut dire que les dix mille Romains, restés à la garde du camp, qui avaient assailli pendant l'action celui du Suffète, venaient de se rendre. Et on faisait des comptes, près de quinze mille prisonniers et certainement plus de soixante-quinze mille légionnaires ou alliés morts ou blessés. Parmi eux tous les officiers, toute l'aristocratie du Sénat et de la chevalerie. Du champ de bataille des cris aigus s'élevaient au passage des Numides qui achevaient à coup de lance les blessés, tandis que les Lybiens dépouillaient méthodiquement les morts. Annibal avait ordonné, à plusieurs reprises, d'épargner les vaincus. Il n'était pas obéi.

Les cadavres du consul Paul-Émile, du proconsul Gneus Servilius et de l'ancien magister equitum Marcus Minucius, venaient d'être découverts, criblés de coups; ils étaient morts en braves. Photidès rapportait que Marcus Terentius Varron n'avait dû la vie qu'à son audace qui l'avait poussé à se jeter au milieu des cavaliers espagnols, et à la vitesse de son cheval.

L'immense armée romaine, si forte par le nombre, l'organisation et le courage, qu'elle semblait invincible, était totalement anéantie. A peine quelques fuyards, tout le reste était pris ou tué, c'était un succès sans précédent, une victoire comme jamais le monde n'en avait vu de pareille! Rome était abattue dans la poussière...

Les officiers crièrent des ordres, l'armée carthaginoise rassemblée se mit en bataille, tout le monde mit pied à terre. Demeuré seul à cheval, Annibal s'avança vers ses soldats.

Il chevauchait lentement, sur son visage, d'ordinaire impénétrable, flottait, avec la joie de la victoire, une sombre mélancolie. Il s'arrêta face à la ligne de bataille, au centre de ses troupes. Magon, Hasdrubal, Maharbal, Bomilcar et Micipsa, suivis de nombreux officiers et soldats, sortirent des rangs. Sur un signe, leur escorte jeta sur le sol les trophées conquis. Et les glorieuses enseignes romaines, les vexilla des huit légions, les drapeaux des alliés, les étendards de la cavalerie, s'amoncelèrent aux pieds d'Annibal.

Une houle fit onduler les rangs; dans un mouvement d'enthousiasme touchant au délire, de l'armée victorieuse, une immense acclamation monta vers le Suffète.

Le soleil couchant inonda de pourpre et d'or la plaine à jamais fameuse. Avant de s'abîmer sous l'horizon, il enveloppa dans une apothéose de gloire surhumaine le héros phénicien.

CHAPITRE VII

LA VILLE ÉTERNELLE

On savait les deux armées en présence sur le bas Aufidus, et à la veille d'engager une bataille décisive. L'anxiété était grande à Rome. Les plus optimistes ne parvenaient point à cacher la terreur que leur inspirait le génie d'Annibal. A ces angoisses patriotiques s'ajoutaient les tourments particuliers. Dans cette armée des consuls, pas de famille qui n'eût un père, un frère, un fils, un mari ou un fiancé.

Terentia Cecilia était venue passer ces quelques jours d'attente et d'ardente angoisse chez un oncle de sa mère, le sénateur Marcus Aurelius Pison, dont la demeure dominait les faubourgs de la ville.

A cette heure chaude tout était désert et muet. La grande prairie s'étalait jaunissante, avec son autel cylindrique et ses gazons que chaque printemps fleurissait de cyclamens et d'anémones.

Une villa de grand style, aux lignes droites et pures, aux étages harmonieux, se développait au sommet du coteau; à son faîte un rang de statues se dressait debout dans l'azur. Partout un air de noblesse et d'élégance princière. En avant, le jardin dessinait sa mosaïque de buis, de plantes et de fleurs. Aux angles des plates-bandes, sur le balustre des terrasses, en des vases de terre cuite venus de la grande Grèce, les citronniers alternaient avec les lauriers-roses et les lauriers-blancs. Un palmier berçait doucement le haut bouquet de ses palmes.

Par des ruelles en pente raide, les petites maisons polychromes du faubourg descendaient vers la ville. A cette heure, au pied du Capitole, le Forum était désert, le vallon sacré s'étendait vide et couleur de rose. Entre les maisons aux murs bleus, rouges, jaunes ou blancs, aux toits plats dont les tuiles vernissées brillaient, devant les temples comme sur les terrasses et sous les vérandas, tout était solitude et silence. A peine si de temps à autre passait un pesant chariot. Non loin de là, sur le seuil de la maison des Vestales, on voyait trois jeunes femmes arrêtées, vêtues et voilées de blanc.

Le soleil inondait de ses feux l'océan de maisons de cette ville immense. De ses temples de marbre il faisait des temples d'or. Sous l'ardent azur, les frises, les guirlandes, les statues d'airain et de pierres colorées, prenaient toute leur valeur, un caractère pathétique de grandeur et de puissance. Et quel horizon commandait ce monument de beauté et d'orgueil qu'était la ville! Si loin que s'étendait le regard, la campagne et les monts, la terre et le ciel, les formes et les couleurs, l'environnaient et l'enchantaient.

Terentia Cecilia, accoudée à la balustrade du jardin, regardait longuement la ville dans un mouvement d'amoureuse et calme fierté. C'était l'heure où, au charme de penser et de rêver, s'ajoute, plus vive encore, la volupté de sentir, de respirer, de boire, jusqu'à l'ivresse, la divine lumière du jour.

La jeune fille songea à son fiancé; un monde de souvenirs l'envahit soudain. Qu'adviendrait-il de lui et de ses compagnons d'armes? Dans un mouvement d'humeur jalouse la fière Romaine chassa bien loin une mélancolie naissante. Les consuls avaient plus de cent mille hommes de premier choix encadrés par l'élite des grandes familles, par des officiers comme Publius Corlian; c'est une victoire éclatante qu'ils remporteraient sur ces Orientaux maudits.

Terentia Cecilia se souvint que son grand-oncle était au Sénat. Sans doute il en rapporterait des nouvelles, elle gagna l'atrium.

La famille de Marcus Aurelius y était réunie. Il y avait là sa femme, vieille matrone de fière

mine, son fils aîné, grièvement blessé au Tessin,
qui marchait avec une jambe de bois, deux jeunes
femmes, nièces du sénateur, dont les maris étaient
à l'armée. On se montrait, vide, la place du plus
jeune fils de la maison, qui servait dans l'état-
major de Paul-Émile.

L'intendant vint dire que son maître était retenu au Sénat. Des officiers, blessés, couverts de
poussière, épuisés de fatigue sur leurs chevaux
fourbus, venaient d'arriver. Contre tous les usages
ils avaient poussé jusqu'à la porte des sénateurs.
La foule se massait autour de la Curie. L'intendant ajouta que les serviteurs du Sénat couraient aux domiciles des sénateurs absents pour
les aller quérir; il rapporta les bruits qui circulaient dans la foule. On racontait que l'armée
romaine avait pris hardiment l'offensive et attaqué les Puniques, mais nul n'en savait plus long.
Tout ce que l'intendant pouvait ajouter, c'est
qu'une de ses cousines, amie de la femme d'un
portier du Sénat, lui avait affirmé que c'était
près de la ville de Cannes que la bataille avait eu
lieu.

Tout à ses pensées, chacun attendit.

Les esclaves allumaient déjà les lampes noc-
turnes, lorsque Marcus Aurelius Pison revint à la
villa. Il souleva lentement la portière qui masquait
la porte de l'atrium et vint s'asseoir contre la
table de marbre, la tête dans ses mains. Sa poi-

triné se soulevait à coups précipités, sa barbe blanche tremblait.

Enfin son fils aîné vint à lui.

— Quelle nouvelle, père? interrogea-t-il.

Le vieillard releva la tête.

— Défaite, écrasante défaite, l'armée entière!...

Puis le vieux sénateur, n'en pouvant dire plus long, baissa le front et pleura...

Il parlait maintenant, des mots courts et entre-coupés s'échappaient de ses lèvres.

— Les consuls ont voulu attaquer... Varron poussait à l'offensive... un fou!... un véritable fou!... L'armée carthaginoise peu nombreuse les a attirés... elle s'est creusée!... Ils sont tombés dans un gouffre. Alors sur les flancs les Lybiens, en arrière la cavalerie!... mais les femmes ne peuvent comprendre ces choses.

Il se leva et prit les mains de Terentia Cecilia.

— Je comprends ta douleur, tu vois la mienne. Mais cela est peu de chose... La mort même de tant d'hommes jeunes et braves n'est rien, si Rome ne périt point!

Tous se taisaient, accablés.

Alors Terentia Cecilia :

— Sait-on nos pertes?

— Immenses, ma fille, à peine quelques fuyards... Près de quatre-vingt-quinze mille des nôtres morts ou pris, donc massacrés à cette heure, car ces barbares d'Orient ne font pas de quartier., Paul-Émile tué... Gneus Servilius tué... Marcus Minucius tué... Varron disparu. Cent sénateurs, vingt et un tribuns légionnaires, tous nos officiers supérieurs, une foule de centurions tués. Notre aristocratie militaire anéantie, tous nos drapeaux pris. Voilà les premières nouvelles!

Le vieillard maintenant marchait à grands pas.

— Mais Rome ne saurait périr, notre vieux Fabius, bien que frappé par la mort d'un fils, de deux petits-fils et de plusieurs neveux, qui sont restés dans ces champs maudits de Cannes, va reprendre le commandement. Il a encore une armée valide et nombreuse, nos forteresses sont intactes. Nous armerons jusqu'aux esclaves s'il le faut, nous donnerons tous nos biens au Trésor public, de nouvelles légions surgiront du sol sacré de l'Italie, mais, par Jupiter! Annibal, quel que soit le démon qui l'anime, ne triomphera pas! Lutter contre Rome c'est lutter contre les dieux!

Le Sénat siégea toute la nuit. Par la force de ses principes et l'austérité de ses vertus, cette assemblée auguste sauvait Rome. Quintus Fabius donnait des ordres; enfin il prit la parole.

— Messeigneurs, dit-il, bien qu'il ne nous soit encore arrivé que des renseignements imprécis, il n'en est pas moins exact que notre principale armée a été complètement anéantie aux portes de Cannes. J'apprends à l'instant que quelques milliers d'hommes et le consul Terentius Varron ont pu se refugier à Venouse, ils sont en marche sur Rome, c'est là tout ce qui reste de l'armée consulaire. C'est un désastre sans précédent dans nos annales militaires!

Il se tut, un grand silence régna, d'une voix ferme il reprit :

— Tournons nos regards vers l'Olympe, apaisons par de grands sacrifices le courroux des dieux, élevons nos cœurs. Ne nous laissons pas abattre! Couvert par ses forteresses le Latium n'a rien à craindre de la petite armée du Suffète qui ne peut conduire un siège; elle est dépourvue des machines les plus élémentaires. Je viens d'ailleurs de faire appeler en grande hâte 1.500 soldats inscrits pour la flotte d'Ostie, qui devaient rejoindre en Sicile, vous le savez, l'armée de Marcellus. C'est une troupe solide, bien encadrée, habituée à se servir des machines de guerre, accoutumée aux manœuvres de force; elle gardera nos remparts. Donc, si, pour le moment, une attaque sur Rome est improbable, qu'elle se produise et nous saurons la repousser. Ce qu'il y a à redouter c'est qu'Annibal, fort de ces immenses victoires, ne gagne nos alliés, ne dissolve la ligue italique, et, armant contre nous l'Orient et l'Occident, ne prépare notre destruction totale. A ceci nous pouvons parer par notre énergie et notre activité. Le coup terrible que nous a porté le Suffète n'est pas un coup décisif. Vainqueur, il n'en est pas moins coupé, et de Carthage et de sa base d'Espagne. Nous l'accablerons à la longue par la guerre d'usure que j'ai toujours préconisée. Ne nous flattons pas de dévorer Annibal, détruisons-le en détail. Faisons le vide autour de lui, enlevons ses convois, cernons ses détachements, esquivons ses attaques, et, à l'abri de bons retranchements, refusons-lui toute bataille rangée. Ceci infailliblement nous mènera à la victoire.

Il se tut encore et reprit d'une voix plus douce :

— Je vois votre douleur, moi-même suis cruellement éprouvé ; mais au lieu de pleurer comme des femmes agissons en hommes ! Trêve à nos querelles intestines, Seigneurs ! J'ai l'intention de vous demander d'ouvrir plus grandes les portes du Sénat aux chevaliers, et d'ouvrir aussi plus largement l'armée au peuple. Demain, nous armerons tout ce qui peut l'être, sans mettre en péril nos augustes lois. Je passerai moi-même dans les maisons pour recueillir les dons volontaires, car il nous faut de l'argent, beaucoup d'argent... Il nous reste un autre devoir à remplir. Les débris de l'armée consulaire arrivent demain au Champ de Mars, je vous donne rendez-vous aux portes de la ville. Je veux que la cité en corps aille au-devant de nos soldats malheureux !...

Le disque d'or du soleil, émergeant entre deux collines, irradia l'azur. Les nuages chassés par une brise matinale disparurent, la brume légère de la nuit s'évapora. L'immense horizon bleu fut semé de flamboiement et de reflets semblables à des fleurs lumineuses. L'aurore du soleil éternel baignait d'une poussière d'or la ville éternelle!

Les sénateurs étaient groupés à la porte du sud autour de Quintus Fabius. Accablés de tristesse, rongés d'angoisse et de soucis, ces graves personnages se drapaient étroitement dans leur toge de laine blanche. Un peu en arrière, la hache sur l'épaule, les licteurs attendaient.

A droite et à gauche de la grande voie dallée se tenaient les familles patriciennes, les chevaliers, le peuple et la plèbe, les esclaves même: toute la Rome aristocratique et paysanne, hier le front haut dans sa rude fierté, aujourd'hui abattue et désespérée.

Ils n'attendirent pas longtemps. Là où la route courait droit sous les arbres des vergers, un cortège venait d'apparaître; il approcha. Il y avait des fantassins épuisés, des blessés sur des chevaux fourbus. Des hommes exténués, sanglants, affamés, lamentables débris de la superbe armée consulaire.

Il y eut une halte et les soldats se disposaient à prendre le chemin du Champ de Mars, car sans ordres spéciaux, et à moins qu'elle ne fût de service aux murailles, nulle troupe en armes ne devait pénétrer dans la cité, lorsque les rangs s'écartèrent. Le consul Terentius Varron s'avança. Sa jactance verbeuse était tombée, les terribles épreuves des jours précédents avaient blanchi ses tempes et sillonné son front de rides. Il arrêta son cheval et mit pied à terre face aux sénateurs :

— Seigneurs, dit-il, c'est moi qui ai exigé la bataille et imposé à l'armée la vicieuse ordonnance qui l'a livrée aux coups du Suffète. Paul-Émile est mort glorieusement, les dieux m'ont réservé la honte de survivre, donnez-moi des juges et que sur moi seul retombe la faute de cette journée funeste !

Un silence émouvant pesait sur la foule.

Alors Quintus Fabius s'avançant vers le Consul :

— Varron, tu vois ici le Sénat, les chevaliers et Rome entière. — Nous sommes venus au-devant de toi pour te remercier de n'avoir pas désespéré de la Patrie !...

Dans la grosse chaleur du milieu du jour, les préparatifs de résistance commençaient. Maintenant les mauvaises nouvelles n'abattaient nul courage. Dans un calme imposant le Sénat apprit qu'à la nouvelle du désastre les Gaulois du Pô, soulevés en masse, avaient assailli et anéanti l'armée de Lucius Postumius, tué lui-même en combattant. N'importe, Rome se sauverait elle-même. Des courriers partaient allant demander des soldats et un tribut en argent aux villes sujettes et alliées. Les hommes en état de porter les armes se dirigeaient vers les camps, on y recevait les affranchis et les citoyens de la dernière classe, pourvu qu'ils ne fussent pas criblés de dettes. Les plus audacieux proposaient d'armer les esclaves. Au Champ de Mars et sur le prétoire des légions, des officiers qui reprenaient du service, bien que criblés de blessures et d'infirmités, ou encore qui franchissaient le seuil de la vieillesse, distribuaient des armes aux jeunes classes. On recevait jusqu'aux enfants de dix-sept ans pourvu qu'ils fussent vigoureusement constitués.

De porte en porte les délégués du Sénat passaient, des serviteurs les suivaient, portant des corbeilles d'osier. Les pauvres donnaient leur monnaie d'argent, les riches des pièces d'or et des vases en métaux précieux, les belles patriciennes se dépouillaient de leurs bijoux. Par les rues tortueuses on croisait Quintus Fabius suivi de ses lieutenants. Il courait des arsenaux, où tout un peuple d'esclaves forgeait des armes, au Forum, où les enrôlements se multipliaient. Oubliant la fatigue et le poids des ans, l'indomptable vieillard n'était égalé en activité ou en audace que par le Sénat.

Tout pliait devant la volonté du Sénat. La rude énergie de cette aristocratie rendait de la confiance aux plus abattus et donnait du courage aux poltrons.

Et on priait, on célébrait des sacrifices, on se tournait vers les dieux, les dieux! Ces mornes dieux, qui écrasaient la vie romaine de leur insipide et auguste majesté!

Vers le milieu du jour suivant, les sonneries des trompettes d'airain annoncèrent une alerte. Déjà les troupes garnissaient les remparts. Sur les hautes tours on apprêtait les machines de guerre. Au loin sur une colline, campait un corps de cavalerie. A son costume, armement et ordonnance, on le reconnaissait pour phénicien.

Peu après un peloton de cavaliers ennemis, suivant la voie militaire au petit galop de chasse, s'approcha des retranchements. Ces hommes agitaient des écharpes. L'un d'eux, sur une haute perche, portait un crâne de bœuf aux cornes ceintes de bandelettes. C'est chez les Carthaginois, nul ne l'ignore, un signe de trêve et une demande de négociations. Du haut des tours, les officiers romains contemplèrent leurs vainqueurs.

Il y avait là : des géants de Lybie et de Numidie coiffés de panaches de plumes blanches et noires, montés sur des étalons africains aux longues queues balayant le sable, que leurs sabots nerveux égratignaient et faisaient rejaillir contre les remparts où crépitait le gravier.

Des officiers carthaginois sveltes et souples dans leurs cuirasses à maille d'or et d'argent.

Des cavaliers gaulois au teint clair, aux yeux

bleu d'acier, à la chevelure lavée à l'eau de chaux, aux longues moustaches rousses. Plus loin, d'autres cavaliers en magnifique équipage. Manifestement tout ceci était fait pour impressionner les Romains.

Un officier se détacha du groupe, fit avancer son cheval jusqu'au pied de la tour. Dans le latin de Rome, qu'il parlait sans accent, il déclara que le Suffète désirait échanger contre une rançon raisonnable ses nombreux prisonniers romains et italiens. Il dit ensuite que, bien que toujours vainqueur, n'ayant plus qu'à étendre la main pour écraser Rome, le grand Annibal estimait qu'une bonne paix et un traité d'amitié seraient à l'avantage des deux peuples. L'officier insista sur les avantages de la paix entre Rome et Carthage, il était bien placé pour en parler avec impartialité car il était Grec, et le capitaine Photidès dit avec subtilité des choses insidieuses, insistant sur la puissance infinie du Suffète, sur sa sagesse et sa modération. Un mot et il était prêt à servir d'interprète au noble Carthalon envoyé d'Annibal.

Ces paroles furent transmises au Sénat. La réponse parvint peu après. Il ne pouvait être question de racheter les prisonniers, encore moins de discuter les conditions de paix : Rome traiterait lorsqu'elle serait victorieuse. Pour accentuer l'insolence de la réponse, un simple licteur vint inter-

dire aux officiers ennemis de parlementer plus
longtemps.

Le lendemain, à l'aube, nul ne revit les escadrons puniques, ils avaient décampé dans la nuit.

Le même jour une grande joie fut réservée à
Terentia Cecilia. Publius Corlian venait d'arriver
en litière à sa villa. Il était grièvement blessé,
ayant reçu deux coups de glaive dans les côtes,
mais sa vie ne paraissait pas en danger. La jeune
fille apprit que son fiancé avait été découvert sur
le champ de bataille par un de ses amis nommé
Cot, un Gaulois de la Transalpine au service des
Carthaginois. Cot avait conduit Publius Corlian
dans sa tente. Il était temps, le jeune Romain
avait perdu beaucoup de sang et les Numides qui
couraient le champ de bataille, torturant et achevant les blessés, coupant un doigt pour voler une
bague, arrachant une oreille pour s'emparer d'un
anneau, ne l'auraient pas épargné.

Le Gaulois avait obtenu du Suffète la liberté de
l'officier romain. L'ayant mis en litière il l'avait es-
corté lui-même jusqu'aux portes de Rome. Publius
Corlian, bien que très faible, pouvait parler. Il fit
dire au Sénat qu'à son avis, cet acte de générosité
du Suffète montrait un vif désir de négocier.

Auprès de sa mère il retrouva Terentia Cecilia.
Elle la venait voir assez souvent. Les blessures de
Corlian se fermaient. Fréquemment, la jeune fille
lui tenait compagnie. Parfois elle lui parlait du

ton le plus indifférent. Mais elle allait, elle venait sous la pergola, très gracieuse dans sa robe drapée, la taille serrée haut, les bras nus, les cheveux relevés par un cercle d'airain. En sa présence Publius Corlian oubliait tout, elle était belle, elle était intelligente, franche et vigoureuse, que lui importait sa froideur!...

Cependant, Terentia Cecilia aimait Publius Corlian. Elle l'aimait de toutes les forces de son cœur, avec des mouvements de confiance et d'abandon. Peu à peu sa froideur diminuait. Elle comprenait qu'elle ne régnait pas sans partage sur le cœur du tribun. Elle voyait combien passionnément il aimait sa patrie. C'était là une rivalité assez noble pour qu'elle la pût accepter. Mais, toujours plus profondément, le divin archer les blessait de ses flèches, tandis que dans un effort désespéré la Rome des dieux, la Rome immortelle, se raidissait pour échapper à la mort par la victoire. De même que dans le roc le plus dur pousse toujours, on ne sait comment, quelque belle fleur, de même l'amour se moque de tous les cataclysmes; les empires peuvent disparaître, la face du monde peut changer, il se trouvera toujours des cœurs pour se chercher, se comprendre et s'aimer.

Publius Corlian sentait ses forces renaître. Avec anxiété il s'informait auprès de la jeune fille de la situation de Rome. Dans leurs longues causeries elle l'en instruisait,

Les tracasseries démagogiques avaient cessé. Quintus Fabius pouvait travailler sans trouble au salut de la cité. Le vigoureux vieillard, malgré ses quatre-vingt-trois ans, ne prenait pas un instant de repos. Les mauvaises nouvelles, la défection d'alliés qu'on croyait sûrs, le trouvaient impassible.

Il défendit les réunions de la multitude aux portes de la ville, et prévint par quelques mesures adroites l'exode en masse de la population, toujours à redouter tant la terreur était grande. Les curieux et les femmes ne durent plus quitter leurs maisons. Le temps de deuil pour les victimes de Cannes fut restreint à trente jours, afin que le service des dieux de la joie, dont étaient exclus ceux qui portaient le deuil, ne fût pas longtemps interrompu, car toutes les familles étaient éprouvées. Les officiers incapables furent cassés. Varron accablé d'une immense douleur, et qui laissait pousser sa barbe depuis le désastre en signe d'affliction, partit pour le Picenum où un rôle effacé lui fut réservé. Les fuyards de Cannes durent aller servir en Sicile, sans solde et sans honneurs militaires, jusqu'au moment où Annibal serait chassé d'Italie. Les chevaliers et les centurions déclaraient qu'ils serviraient gratuitement et traitaient de mercenaires ceux qui pensaient autrement.

On commençait à tourner lés yeux vers le préteur Marcus Claudius Marcellus. Ce brave soldat, âgé alors de plus de cinquante ans, avait fait ses premières armes en Sicile contre Hamilcar. Plus tard, dans la guerre avec les Celtes, il avait montré autant d'habileté que de bravoure; sa vie était consacrée à deux divinités : l'honneur et la valeur. Au lieu de partir pour la Sicile il se disait prêt à accepter le commandement supérieur.

Les Latins alliés furent sommés d'avoir à fournir leur aide dans le danger commun. Quintus Fabius alla plus loin. Après avoir complété le Sénat, non avec des Latins, mais avec de bons patriotes romains, il appela sous les armes toute la population masculine au-dessus de l'enfance qui avait échappé au recensement; il arma les esclaves pour dettes et les criminels, enfin il incorpora huit mille esclaves achetés par l'État.

Alors, sous l'impitoyable impulsion du vieux dictateur, des patriciens aux plus humbles citoyens, chacun comprit qu'on se battait à mort et qu'il n'y avait de salut que dans la victoire.

CHAPITRE VIII

CARTHAGE

Le soleil s'était couché dans la gloire de Cannes. L'armée soupait joyeusement. Le Suffète ayant commandé de ne rien épargner, on faisait grande chère sous les tentes de pourpre des officiers, sous les minces abris des soldats.

Autour d'Annibal était réuni le petit groupe des généraux phéniciens. Ils mangèrent d'abord en silence, comme accablés par l'immensité de leur triomphe. Le vin d'Italie délia les langues. Hasdrubal, qui avait mené la cavalerie avec une fougueuse habileté, se tourna vers son beau-frère dont il tenait la droite.

— Quels sont tes ordres pour demain? Poursuite à outrance, n'est-ce pas? Nous entrons à Rome sur les talons des fuyards!

Annibal, reposant lentement sa coupe d'or, où pétillait le vin ardent de l'Apulie, répondit en souriant :

— C'est aller vite.

— Quoi! nous ne marchons pas sur Rome?

Le Suffète ne répondit pas et Hasdrubal s'animant :

— Voyons, d'ici à Rome il y a deux mille cinq cents stades, laisse-moi prendre les devants avec la cavalerie et dans cinq jours tu souperas au Capitole... tu refuses?...

Le Suffète haussa les épaules. Hasdrubal, irrité, frappa du poing sur la table et se maîtrisant avec peine :

— Par Moloch! tu sais vaincre, Annibal, mais tu ne sais pas profiter de la victoire!

Il y eut un pénible silence. Les officiers phéniciens trouvaient qu'Hasdrubal parlait au grand homme sur un ton qui ne convenait pas. Cependant, leur attitude le disait assez ; ils pensaient comme le chef de la cavalerie.

Après avoir réfléchi, Annibal se leva; il parla d'une voix calme :

— Seigneurs, nous combattons ensemble depuis de longues années, depuis le jour où ce héros qu'était mon père, m'a laissé la lourde charge de défendre la fortune de Carthage et de sauver son destin. Je me suis efforcé de vous apprendre et la guerre et la politique. Mais quoi! serez-vous toujours des enfants?

Tu parles de marcher sur Rome, Hasdrubal? Tu crois sans doute qu'après le coup terrible que

nous venons de porter à l'armée romaine, il n'y a
dans le Latium que des femmes et des enfants,
qui se prosterneront à nos pieds en pleurant?

Puisque ici nulle oreille importune ne peut nous
entendre, laissez-moi vous le dire, ceux qui com-
parent les Romains à nos marchands de Carthage
se trompent. — Croyez bien qu'en attaquant
Rome je ne me suis fait nulle illusion; il faut que
le monde entier se ligue et vienne à notre secours,
pour que nous puissions abattre ce peuple de
paysans et de soldats. A la nouvelle du désastre,
Rome va se raidir et faire face au danger avec
une énergie nouvelle. Les colonies entourent la métropole d'une impénétrable ceinture et le Latium
n'est pas sans défense, il est couvert de forteresses,
l'armée qui les occupe compte près de soixante-
dix mille soldats. Nous autres, où en sommes-nous?
Nous avions ce matin quarante-sept mille combattants. Nos pertes de la journée sont très légères si
nous les comparons à celles des Romains. En tués
ou grièvement blessés je compte sept mille hommes
environ, principalement des Celtes. Mais il y a
des soldats légèrement atteints, il y a des ma-
lades. Croyez-en mon expérience, nous n'aurons
pas demain plus de trente mille hommes en état
de combattre. Et avec cette armée minuscule,
sans machines de guerre, sans base sérieuse,
presque sans ravitaillement, vous voulez que
j'aille porter la guerre à deux mille cinq cents

stades d'ici? Au cœur du Latium où je serai enfermé dans un réseau de forteresses et surveillé par une armée qui ne tardera pas à être trois ou quatre fois plus nombreuse que la mienne! Dans un pays hostile, où chaque bois cachera une embûche, chaque haie une embuscade! Ce serait nous jeter dans la gueule du loup et vouloir notre perte!

Le Suffète se tut. Tous baissaient la tête. D'une voix qui s'animait peu à peu, il continua :

— En entrant en campagne, j'avais un premier projet : armer les Gaulois contre Rome en donnant à leurs tribus belliqueuses un but commun, un idéal national. Non par ma faute, ni par la vôtre, mais parce que le destin en a décidé autrement, ceci n'a pu réussir, le panceltisme a échoué. J'ai voulu ensuite dissoudre la Confédération italique, séparer Rome de ses alliés et les armer contre elle. Vous connaissez mes efforts. Vous savez aussi que, malgré nos victoires, ce second plan ne m'a pas donné les résultats que j'en espérais. Je vous parle comme à des hommes et ne vous cache rien. Voilà la situation et ses difficultés.

Maintenant voici mon nouveau plan : la victoire extraordinaire, fabuleuse, que nous venons de remporter aujourd'hui nous permet de faire des ouvertures à nos adversaires. Présidée par le noble Carthalon une députation va partir. Elle offrira aux Romains une paix, honorable pour

eux, avantageuse et glorieuse pour nous. S'ils
l'acceptent, ma tâche sera terminée et j'en serai
heureux. Je n'aime pas la guerre, Messeigneurs,
elle est pour moi une dure nécessité. Mais il faut
compter avec l'orgueil des Romains. Ils peuvent
repousser mes propositions. En ce cas, le triomphe
de nos armes nous aura permis de gagner du
temps. Avant l'été prochain nos ennemis ne peuvent songer à se remettre en campagne. Et ce
temps, je saurai le mettre à profit. — Une députation ira à Carthage demander des secours. Il
faut qu'on me renforce, il me faut de l'infanterie
lybienne, de la cavalerie numide, des éléphants,
des machines de guerre, toutes choses, qu'après
l'immense victoire de ce jour, le Sénat ne peut
nous refuser sans trahir la Patrie. Nous autres
ici, aurons une autre tâche.

Maîtres de l'Apulie, nous allons marcher sur la
Campanie, où ma politique a ménagé des intelligences, et nous en emparer. Lorsque nous dispo-
serons de cette magnifique province aux villes
somptueuses, que nous serons maîtres, aux portes
de Rome, de la partie la plus riche de l'Italie, tout
en continuant à travailler la ligue italique en vue
de sa dissolution, nous fonderons une sorte de
royaume à l'imitation de ce que mon père avait
fait en Espagne, par ses ports nous communi-
querons librement avec Carthage et le monde
entier. A partir de ce moment le temps tra-

vaillera pour nous. Notre armée présente n'est que l'avant-garde de celle que je veux réunir, et que me fourniront l'Orient et l'Occident. Alors, sortant de mon royaume, à la tête de trois cent mille hommes, je marcherai sur Rome, et nous raserons, jusqu'à ses fondements, l'orgueilleuse cité.

Les généraux se levèrent émus et Hasdrubal :

— Excuse mon erreur; mais qui peut prétendre voir aussi loin que toi, tu es grand comme le monde!

Annibal étendit la main :

— Tout ceci repose sur les secours de Carthage, car nous sommes à bout de force, épuisés par nos victoires.

Et regardant étrangement son jeune frère :

— Tu tâcheras d'être éloquent et persuasif, Magon... Tu partiras après avoir reçu la soumission des Campaniens vers qui je te déléguerai... N'oublie pas les anneaux d'or de nos seigneurs de Rome, il y a là de quoi émouvoir Hannon et ses pareils.

Le Suffète se tut, un pâle sourire erra sur ses lèvres. Il se leva, ceignit son épée et sortit. Ses officiers le suivirent.

Annibal visitait ses soldats. Ils achevaient de souper. Les mercenaires se levaient en tumulte, des torches brillaient, des feux de joie s'allumaient, des clameurs d'allégresse passaient dans l'air, des cris mille fois répétés de « longue vie au

Suffète » montaient en tourbillons. Annibal allait de groupe en groupe, parlant à chacun dans son dialecte. Il remerciait les soldats de leur bravoure, il les félicitait de la victoire.

Il avançait sans escorte au milieu de ces rudes aventuriers. Des officiers accouraient embrasser ses mains, des soldats se prosternaient devant lui à la manière orientale, d'autres baisaient le pan de son manteau.

Jamais une telle idolâtrie n'avait environné un général vainqueur...

Les rameurs pesèrent sur les longues rames. Elles ployèrent en gémissant. Sous l'effort vigoureux de ces deux cent quarante hommes, la trirème bondit. Dans le calme du matin, le léger bâtiment volait sur les eaux mornes et lourdes. Il fendait les petites lames verdâtres de son triple éperon d'airain. Immobiles et inutiles le long des mâts, les grandes voiles, rouges de tanin, noires de goudron, pendaient.

C'était un magnifique bâtiment cette trirème. D'une allure légère elle voguait au chant rythmé de ses rameurs. Elle était longue, effilée, ses lignes fuyantes et élégantes la montraient taillée pour la course, ses deux mâts très rapprochés du centre et légèrement inclinés en arrière pouvaient porter une large voilure. Ses flancs et ses bastingages étaient badigeonnés de rouge vif et de vert foncé.

A l'avant étincelait le cheval symbolique de Carthage. A la poupe, un haut château de bois dominait le bâtiment. Là, autour du capitaine et de l'homme de barre, se tenait Magon, entouré des officiers phéniciens et mercenaires, venant avec lui porter à Carthage la nouvelle officielle des triomphes d'Annibal.

Le jour naissait. Le ciel à l'orient était d'un rouge sombre qui pâlissait à mesure que la lumière montait et devenait plus vive. Les étoiles du matin s'effaçaient peu à peu. Au-dessous d'elles le croissant fin de la lune se fondait dans la divinité du jour nouveau. Bientôt, sous les rayons d'or montant du levant, toutes les couleurs s'effacèrent, se confondirent et s'absorbèrent.

Au loin, vers la gauche, s'allongeait le rivage. Des rochers rouges, aux formes bizarres et tourmentées, alternaient avec de molles collines couvertes d'oliviers argentés.

La trirème doubla un cap portant la tour carrée en briques rouges du phare de Tanit. Étagée le long de la côte la ville immense apparut. Entre des jetées blanches, le port marchand avec les mâts des vaisseaux aux voiles noires. Plus loin la rotonde du port militaire et les tours défensives gardant les passes étroites de leurs triples chaînes d'airain. Puis la cité : les maisons blanches et rouges, les terrasses en marbre polychrome, les palais escaladant les coteaux, la hautaine citadelle, la sombre et massive Byrsa. A perte de vue, les toits plats des magasins, les coupoles dorées des temples, la blancheur des bibliothèques, si nombreuses en cette ville riche, singeant maladroitement la Grèce et l'Égypte, se désirant polic et lettrée. La somptuosité des jardins, la verdure des arbres, l'écran immobile des lourds cyprès, la masse rouge sombre des citernes. Et la mer qui déroulait devant la ville sa nappe bleue et le ciel qui lui faisait un plafond d'azur.

Un cri monta du château de poupe. Dans une clameur joyeuse les officiers d'Annibal saluèrent Carthage.

A l'avant du navire, un matelot soufflait dans une longue trompette d'airain. Des bâtiments marchands se rangèrent. Les lourdes chaînes s'abaissèrent, la trirème courant sur son erre, ses longues rames relevées, vint accoster au fond du port militaire entre la porte de la Paix et la porte de la Guerre.

Une délégation attendait le navire. Il y avait là les principaux partisans du Suffète, les hauts personnages du parti de la guerre. Magon observa que, bien que prévenue de leur arrivée, la République ne leur faisait nulle réception officielle. Le parti des marchands n'était pas représenté.

Ils se mirent en marche vers le palais d'Annibal, vers la splendeur de ses tours dorées et la magnificence de ses jardins en terrasses.

Une foule bruyante encombrait les quais. Les officiers carthaginois regardaient avec orgueil la ville; les officiers mercenaires, dont beaucoup la voyaient pour la première fois, ouvraient de grands yeux émerveillés.

C'était, à perte de vue, un fouillis de mâts, de vergues, se croisant dans tous les sens. Les navires au ras du quai présentaient leurs rames comme des rangs de piques. Il y avait là une multitude de bateaux, de tailles, de formes, de nationalités diverses. De temps en temps, entre ces vaisseaux, un morceau de mer luisait comme une grande tache d'huile.

Des magasins de produits bizarres montraient leurs étalages. Les vendeuses de moules et de clovisses, accroupies, piaillaient à côté de leurs coquillages, à l'ombre des fabriques de vins de raisins secs aux murs de briques crues.

Partout un encombrement prodigieux de marchandises de toute espèce : troncs de bois, laines, vins, caroubes, colzas. Le blé en torrents d'or coulait du bord des navires dans une nuée blonde. Parfois, entre les mâts, une éclaircie. Alors on voyait l'entrée du port et le grand va-et-vient des navires, les uns qui s'en allaient toutes voiles dehors vers le Pirée, Alexandrie, Marseille, ou les lointaines et fabuleuses îles Aestrymniles qui sont au bout du monde, d'autres qui arrivaient lentement et se préparaient à accoster.

Magon haussa les épaules. Oui, toujours la conquête des richesses, la soif de l'or! Malgré la guerre Carthage prospérait. On se battait si loin d'elle, là-bas au fond de l'Italie! Qui s'intéressait aux exploits du Suffète, à ses projets à si lointaine échéance, alors qu'une spéculation heureuse sur les blés ou les huiles donnait en abondance richesses, honneurs et tous les biens de la vie!

Perdu dans ses pensées, le fils d'Hamilcar entra, dans la grande rue du faubourg qui menait aux jardins de sa famille.

Ils longeaient les portiques qui séparaient les quartiers populaires de la ville élégante. Ces grandes promenades, ornées de mauvaises répliques en marbre et en airain des chefs-d'œuvre grecs, étaient des lieux de distraction. C'était là que les belles dames phéniciennes se montraient dans leurs somptueuses litières portées par des esclaves parfaitement bien faits, marchant deux à deux, d'un pas cadencé. Là elles étalaient leur beauté orgueilleuse, sur les coussins dorés des chars égyptiens, que traînaient de fringants attelages. Curieuses, elles regardaient passer les officiers d'Annibal. Les jolies femmes ne détestant point les beaux guerriers, plus d'une, portant à ses lèvres rouges une main élégante aux longs doigts effilés, envoyait au jeune Magon le salut à la romaine (à la mode depuis quelques années). Magon pressa le pas; maintenant c'était le vrai faubourg.

Tout à coup de grands cris. Les cris joyeux d'une multitude. Par la large rue en pente, dévalait une foule énorme d'hommes et de femmes. C'était le peuple phénicien et non pas la foule cosmopolite du port. Tous agitaient des rameaux verts et ils criaient :

« Longue vie aux Barca, gloire aux soldats d'Italie, gloire aux vainqueurs de Cannes! »

Dans ces cœurs simples palpitait l'âme de la patrie. Ils se souciaient bien, ces braves gens, de la rivalité des Hannon et des Barca ou des louches compromissions du parti de la paix? Ce petit peuple d'artisans venait réparer l'accueil plus que froid fait par les marchands aux officiers du Suffète.

Ils chantaient les hymnes qu'on répète à Carthage au solstice d'hiver. Puis vinrent des jeunes filles qui portaient des fleurs.

Magon escaladant une borne étendit les mains et fit signe qu'il voulait parler. Un grand silence descendit sur la foule apaisée, et le général, d'une voix vibrante :

— Peuple, le plus grand par le génie, le plus puissant par les richesses de tes citoyens, Annibal mon frère, franchissant des fleuves impétueux, des montagnes gigantesques et des pays immenses, est parvenu en Italie! Dans une série de campagnes triomphales, il a défait les armées romaines, la plus redoutable vient de succomber sous ses coups dans les plaines de Cannes. Les Romains terrifiés se cachent dans leurs forteresses et n'osent plus affronter nos glaives. Notre héros vainqueur campe aux portes de Rome. Il demande des renforts!

Un cri jaillit de la foule. Un grand mouvement se produisit; des bras vigoureux enlevèrent Magon; on le portait en triomphe.

Une foule houleuse entourait le palais du Sénat, au milieu des bouquets d'orangers, de grenadiers sacrés, parmi des halliers tout chargés de fleurs rouges et blanches que prolongéaient de longues allées de cyprès aboutissant à ce temple égyptien, mystérieux, où on distillait l'eau ardente. Magon observa que si le petit peuple, client des Barcides, manifestait ardemment comme la veille sa grande joie des victoires du Suffète, comme la veille également la foule commerçante n'était pas là. Les gens de négoce se désintéressaient de la guerre.

Par une dérogation aux usages, Magon et ses officiers vinrent jusqu'au vestibule de la Curie, sans épées il est vrai. Ils avaient revêtu leurs belles armures. Resplendissants dans leurs cuirasses dorées, sous leurs panaches éclatants, ils attendaient.

Les hautes portes d'airain tournèrent sur leurs gonds. Dans une salle circulaire, dont les murs étaient de marbre bleu et le pavé de marbre blanc, les sénateurs se montrèrent assis sur des fauteuils d'ivoire en demi-cercles étagés. Au-dessus d'eux les pontifes des dieux sur des sièges syriens, immobiles sous leurs hautes tiares, ressemblaient à des statues.

Magon fit quelques pas en avant, et nullement intimidé par cette haute Assemblée où tous les siens siégeaient et dominaient par droit de naissance, aussi bien qu'à cause de leurs richesses, il commença à parler. Il dit les exploits d'Annibal, ses marches incroyables, ses luttes contre les forces de la nature et les éléments conjurés, ses victoires éclatantes. Les armées romaines détruites, les légions en fuite, les vexilla foulées aux pieds. Il parla de la diplomatie du Suffète, de son habileté à se ravitailler et à se renforcer au cœur du pays ennemi. Il s'arrêta un instant, puis élevant la voix il conta l'effort suprême de Rome, l'immense armée envoyée contre Annibal, la rencontre dans les plaines de Cannes.

Tout frémissant, d'une voix vibrante, il décrivit la bataille. La furieuse attaque des légions donnant tête baissée dans le piège de son frère. Il ouvrait et fermait les bras pour montrer la double manœuvre enveloppante des vétérans d'Afrique. Puis c'était l'écrasement. Alors, avançant encore d'un pas :

— Vous savez, Seigneurs, que les chevaliers

romains portent au doigt un anneau d'or, insigne de leur dignité. Cette aristocratie, orgueil et puissance de Rome, notre grand Annibal l'a détruite dans la plaine de Cannes. Il met aux pieds de la Curie le symbole visible de cette victoire sans pareille.

Sur un signe du général les officiers phéniciens s'avancèrent, et aux yeux des sénateurs éblouis répandirent sur le pavé de marbre trois boisseaux d'anneaux d'or.

Les officiers, ayant salué les sénateurs, se retirèrent et Magon demeura seul.

— Seigneurs, dit-il, vous tenez en vos mains le destin de Carthage. Annibal est en Campanie aux portes de Rome. J'ai reçu moi-même la soumission de nombreuses villes; nous n'avons plus qu'un effort à faire. Mais notre armée affaiblie par ses triomphes mêmes n'est pas assez nombreuse. Je vous demande des secours en hommes, en matériel, en chevaux, en éléphants, en vivres, en argent...

Il énuméra longuement ce que désirait le Suffète et conclut ainsi :

— Si vous ne nous secourez, le génie d'Annibal ne nous sauvera pas! Nous succomberons, glorieusement sans doute, mais nous succomberons! Si vous nous secourez, maître de l'Italie presque entière, ayant comme alliés les Brutiens, les Apuliens, une partie des Samnites et des Lucériens, Annibal Barca est certain de vaincre. Carthage sera la reine des nations et les peuples éblouis viendront baiser ses pieds, prosternés dans la poussière.

Des applaudissements éclatèrent. Le chef de la faction barcine, Himilcon, après quelques allusions assez vives aux adversaires politiques de son parti, en particulier à ceux qui voulaient livrer Annibal aux Romains après son attaque contre Sagonte, demanda à ce qu'il fût rendu aux dieux et au Suffète de solennelles actions de grâce.

Les acclamations redoublèrent. Mais le grand adversaire des Barca, Hannon, demanda la parole et un morne silence se fit.

C'était un vieillard chauve, au cou maigre, à la petite tête d'oiseau de proie. Il ne manquait pas d'intelligence et son habileté financière était grande, mais, usé par la débauche, il n'était guère capable que d'intrigues politiques.

Il parlait d'une voix brève et cassante : il déplorait la guerre, une entente avec Rome était autrefois facile. Les Romains étant des agriculteurs dont toute l'activité se tournerait fatalement vers la vallée du Pô et les Gaules et les Carthaginois ne recherchaient que le commerce de la mer. Ce qui avait rendu l'entente impossible, c'était l'orgueil et l'ambition militaire des Barca. Annibal était vainqueur en Italie, comme son père l'avait été en Sicile, ceux qui avaient vécu

l'autre guerre savaient comment tout ceci fini-
rait.

De son bâton d'ivoire il frappait son pupitre de
marbre.

— Que vous dit Annibal, Messeigneurs ? : « J'ai
battu des armées ennemies, envoyez-moi des
troupes. J'ai pris des camps remplis de provisions,
envoyez-moi des vivres. Je suis maître de villes
immenses et riches, envoyez-moi de l'argent. »
Voilà comment parle cet éternel vainqueur, que
dirait-il s'il était vaincu ?

Des rires et des applaudissements coururent
parmi les partisans d'Hannon.

Il reprit de sa voix mordante :

— Ou bien cet homme, que certains parent,
je ne sais pourquoi, du titre de Suffète, a réelle-
ment remporté les victoires dont on vous parle,
et alors il n'a besoin de nuls secours puisque l'armée romaine est battue et détruite; ou bien on
vous trompe, et un homme qui ment à cette assemblée auguste ne mérite aucune confiance!

Des murmures s'élevèrent; de plus en plus âpre
Hannon continua :

— Après leur désastre les Romains ont-ils
envoyé une députation vers Annibal pour lui
demander la paix? Parle, Magon?

Magon répondit qu'il l'ignorait.

Fort de cet avantage, Hannon reprit :

— Messeigneurs, recherchons la paix. Il y a

des gens sages et avisés dans le Sénat romain qui savent comme vous qu'un mauvais arrangement, qu'une paix blanche, vaut mieux que la plus éclatante des victoires. Donc, pas de renforts pour Annibal. Ah! je sais bien, moi, ce qu'il veut, cet homme (nous avons vu agir son père en Sicile et en Espagne), il veut abattre notre aristocratie, qui blesse et humilie son orgueil, il veut qu'en lui vous vous donniez un maître, il veut ceindre la couronne, il veut être roi!

Un tumulte éclata. Cependant le grand pontife de Moloch parvint à rétablir le calme, et le Sénat vota à une majorité suffisante des renforts pour Annibal. Ce principe adopté, des commissions chargées de fixer l'importance des renforts et de les mettre en route furent nommées.

C'était sur la haute terrasse du palais d'Himilcon. Le chef du parti de la guerre causait avec Magon. Himilcon disait au jeune général que quatre mille cavaliers numides et quarante éléphants seraient envoyés au corps expéditionnaire d'Italie. Le vieux sénateur le reconnaissait, c'était là un secours insignifiant. Une tristesse infinie envahissait Magon; quatre mille cavaliers et quarante éléphants! Lui qui rêvait d'amener à son frère cent mille hommes! Il s'était procuré une grosse somme d'argent, fournie tout entière par le trésor personnel d'Annibal et par

quelques sénateurs de son parti. Le Sénat n'avait
accordé que neuf vaisseaux de blé.

Le jeune homme prit le bras du vieux sénateur
et fit quelques pas avec lui jusqu'à la balustrade.

— Vois-tu, Himilcon, ces ports immenses en-
combrés de navires, ces jardins, ces temples, ces
palais, cette ville orgueilleuse de sa puissance et
de sa richesse? D'un geste il embrassait la pres-
qu'île entière et les faubourgs qui s'enfonçaient
au loin dans la plaine.

— Vois-tu cette opulente et lâche Carthage, elle
périra! Les rudes légionnaires du Latium la pren-
dront d'assaut, ses riches marchands deviendront
des esclaves, le sable comblera ses ports, la ronce
sauvage croîtra dans les somptueux jardins des
sénateurs!

Himilcon leva les mains pour conjurer le funeste
présage. Le soleil se coucha, et ses derniers rayons
vinrent, avec des reflets d'incendie, baigner de
sang la cité phénicienne.

CHAPITRE IX

L'ENCHANTEMENT DE CAPOUE

La petite armée du Suffète suivait la large route dallée courant au milieu des bois d'oliviers, d'orangers, de caroubiers, de vignes aux longs sarments accrochés à toutes les branches voisines, dans cette région aimée des dieux qu'est la baie de Naples. Au loin, la grande mer couleur d'émeraude étendait sa nappe immobile. Au fond du golfe, la voluptueuse Naples, la belle endormie, s'étalait mollement, couchée au soleil.

L'avant-garde s'arrêta pour le repas du matin. Le gros de l'armée serra sur elle à une petite distance, et fit halte à son tour. Il y avait là quatre mille cavaliers numides et douze mille fantassins, dont beaucoup de vétérans d'Afrique et d'Espagne, l'élite de l'armée.

Au lendemain de sa victoire de Cannes, les deux camps romains pillés, Annibal avait, dans une série de marches foudroyantes, entrepris la conquête du royaume qu'il rêvait de fonder en Italie. Sous ses coups, la Confédération romaine, jusqu'ici si forte, commençait à se désunir.

L'armée carthaginoise, divisée en plusieurs corps, courait l'Italie du Sud pour recevoir les soumissions et les alliances. Tour à tour, Arpi en Apulie, Uzentum en Messapie, embrassèrent le parti du Suffète, puis les villes du Brutium ouvrirent leurs portes, malgré la résistance des Petelini et des Consentini. La plus grande partie des Campaniens suivit cet exemple, avec eux les Picentins, les Hirpini et les Samnites. Enfin la seconde ville de l'Italie, la splendide Capoue, après une révolution municipale, se donna à Annibal.

Le Suffète s'applaudissant de son habile politique avait coutume de dire à ses familiers :

— Que Carthage fasse l'ombre d'un effort et nous sommes les maîtres du monde.

Ce jour-là, tandis que ses soldats mangeaient, Annibal, assis sur un mur de pierres sèches, à l'ombre d'antiques oliviers, recevait les rapports de ses espions et de ses éclaireurs.

Les Grecs de Naples, reconnaissants de la douceur que Rome leur avait toujours montrée, restaient fidèles à son alliance. La flotte romaine était dans le port, elle avait débarqué des officiers et des soldats. La milice napolitaine, disciplinée à la grecque, avait pris les armes sous les ordres de Cléophon, stratège réputé.

Les éclaireurs numides vinrent au rapport. Une armée nombreuse était sortie de la ville. Des cavaliers, cuirassés de la tête aux éperons, chargeaient déjà les Carthaginois. A travers les arbres luisaient les hautes cuirasses et les grands boucliers des hoplites. Dans la plaine étincelaient les longues piques de la phalange.

Annibal se mit en selle. Une armée de 30.000 hommes était sortie de la ville et marchait sur lui.

— Nous avons le temps de battre en retraite sans nous laisser accrocher, dit Hannon à voix haute, après avoir considéré le nombre et l'ordonnance des adversaires.

Annibal secoua la tête :

— Tu es ce matin d'humeur peu entreprenante, Hannon ! Rassemble tes cavaliers et prépare-toi à combattre, nous serons vainqueurs avant la nuit. Je ne serai pas fâché de donner une leçon sévère à ces Grecs.

Hannon, joyeux, demanda ses chevaux.

L'armée gréco-romaine approchait. Cléophon montant un magnifique cheval blanc, un long bâton d'ivoire à la main, réglait lui-même la marche de ses troupes. C'était un Grec intelligent et rusé, rompu à toutes les subtilités de la stratégie et de la tactique. Il tenait les généraux romains pour de simples imbéciles. Et ce jour-là, fort de sa supériorité numérique, car il savait par ses espions l'armée phénicienne peu nombreuse, il était brusquement sorti de Naples pour l'assaillir. Songeant qu'avec un peu de chance il battrait l'invincible Annibal en bataille rangée, des bouffées d'orgueil lui montaient au visage.

La grosse cavalerie grecque, pesamment armée, aux chevaux couverts d'écailles de fer, refoulait les légers escadrons numides. L'infanterie suivait. Au centre de la ligne de bataille marchait la phalange, rangée sur seize rangs de profondeur, couverte comme un gigantesque hérisson par ses piques d'une longueur démesurée. Forteresse mouvante elle avançait d'un pas lourd. A droite et à gauche l'infanterie grecque, les hoplites chargés de garder les flancs, puis les peltastes.

A l'extrême droite et à l'extrême gauche, les soldats armés à la romaine, encadrés par les centuries venues de Rome, donnaient aux deux extrémités de l'armée une parfaite solidité.

Dans cet ordre redoutable avançait Cléophon. Son plan était de fixer le centre du Suffète, en jetant sur lui la phalange, puis de rabattre sur la petite armée ennemie ses deux ailes dans un double mouvement enveloppant.

Pendant longtemps les deux adversaires manœuvrèrent sans oser s'aborder. Il y eut des combinaisons savantes, des mouvements subtils et audacieux. Enfin le génie du Suffète l'emporta sur l'habileté du stratège grec.

Les Numides, dans une feinte retraite, menaient

de nombreux troupeaux capturés par eux. Pour les obliger à abandonner leur butin la phalange les chargea vivement en chantant le Péan. Il y avait là des plantations d'oliviers et des bosquets d'orangers, la phalange désunit ses files en les traversant.

Prompt comme l'éclair, Annibal fit charger les phalangistes par l'infanterie africaine. Cette charge imprévue sur des soldats qui n'étaient pas en ordre de bataille et que leurs immenses piques embarrassaient fut décisive. La phalange, traversée de part en part, se rompit. Les soldats s'enfuirent en laissant tomber leurs sarrisses longues de seize pieds.

Le centre de Cléophon ouvert, les deux ailes furent séparées l'une de l'autre par l'armée carthaginoise victorieuse.

L'armée gréco-romaine retraita vers la ville. Elle n'y parvint qu'à grand'peine, bousculée et poursuivie par la cavalerie numide. C'était une fuite éperdue ; chacun courait pour sauver ses os.

Les officiers phéniciens cherchèrent le Suffète. Pied à terre, debout sur un pan de mur, les bras croisés, l'éternel vainqueur contemplait le champ de bataille.

Incontinent Annibal marcha sur la ville. Sa haute muraille la mettait à l'abri d'un coup de main. Pendant deux jours, il ravagea la province napolitaine ; puis, chargé de butin, reprit sans tarder sa route vers l'Apulie, car, entrer en allié dans la magnifique et puissante Capoue, c'était la récompense visible du triomphe de Cannes, le gage quasi certain de la victoire!

Dès la porte de la ville, des théories de jeunes filles, vêtues de blanc et couronnées de fleurs, reçurent le Suffète. Il y avait là les collèges des prêtres, même ceux qui sont consacrés aux grands dieux, tous portant en pompe les objets sacrés. Les corps de métier, bannières en tête, les paysans derrière les divinités rustiques.

De jeunes enfants lançaient des fleurs. Au cou des chevaux pendaient guirlandes et couronnes parfumées.

Les officiers phéniciens semblaient avancer dans un océan de verdure.

Annibal chevauchait lentement pour ne pas écraser les petits enfants qui se jetaient entre les jambes de son cheval. Maintenant qu'il touchait presque au but il était grave, ému, comme perdu dans un rêve.

Capoue faisait une ovation triomphale à ses nouveaux alliés, la foule se mêlait au cortège guerrier. Les citoyens apportaient aux soldats, poussiéreux et brûlés par le soleil, des coupes de vin et des grappes de fruits. Les petits garçons cherchaient à leur prendre leurs boucliers ou leurs lances; parvenus à s'en emparer, ils cheminaient gravement sur le flanc de la colonne, ployant sous les lourdes piques, s'efforçant de marcher d'un pas relevé en suivant le rythme des trompettes.

A peine distinguait-on les maisons; elles disparaissaient tout entières sous les draperies aux couleurs éclatantes ; les soldats foulaient les riches tapis de Campanie.

Au milieu des vivats enthousiastes, les bataillons se disloquèrent. Pour la première fois, depuis de longues années, l'armée phénicienne, du général au plus humble soldat, fut cantonnée chez l'habitant. Le Suffète avait bien songé à camper aux portes de la ville, mais l'insistance des Capouans et l'extrême épuisement de ses hommes, firent, qu'à contre-cœur, il accepta cette disposition si contraire à ses habitudes militaires.

Lui-même résolut de prendre gîte alternativement chez les nobles Sténius et Pacuvius, dans le moment grands amis des Phéniciens et qu'il pourrait ainsi surveiller. Malgré la chaleur de la réception, la haute aristocratie demeurait secrètement attachée au parti de Rome. Visiblement, les villes qui se donnaient à Annibal n'avaient pas oublié comment Pyrrhus avait agi à Tarente, et, sans doute, espéraient-elles follement se soustraire, à la fois au joug romain et à la domination phénicienne.

Le lendemain Maharbal, en compagnie de l'intendant Marko-Ibas, se rendit, vers le milieu de la matinée, au palais de Sténius, pour y voir le Suffète et trancher avec lui quelques questions touchant au cantonnement et au ravitaillement de l'armée. Il trouva dans l'atrium les officiers particuliers d'Annibal qui réglaient la répartition des subsistances.

Parmi eux Cot et Photidès discutaient avec de grands gestes et de violents éclats de voix. L'officier gaulois émettait la prétention de faire payer au prix fort les rations de fourrage avancées par lui à ses cavaliers, l'astucieux Grec voulait le régler au plus bas cours de la saison. Ils interrompirent leur dispute pour dire aux généraux que le Suffète n'avait pas encore paru. Cependant les sénateurs assemblés chez Pacuvius l'attendaient.

Maharbal se dirigea vers les appartements de son cousin, heurta d'un marteau d'ivoire le timbre d'airain, et, ne recevant pas de réponse, souleva la portière du cabinet de travail. Annibal gisait étendu sur le sol, son visage était pâle et contracté. A l'appel de Maharbal les officiers accoururent, le Suffète évanoui fut porté sur une couche; son médecin grec, Typhoros, mandé en grande hâte, survint suivi de ses aides. Tout en prescrivant les soins nécessaires, Typhoros confia aux officiers épouvantés que c'était la troisième syncope qui terrassait le généralissime en moins de quinze jours.

— La machine est à bout de forces, dit-il. Qui résisterait à la vie que s'impose le grand homme depuis dix ans?

Le Suffète fit un mouvement, sa face s'anima :

— La machine ira jusqu'à Rome, Typhoros, et tu m'aideras à vivre jusque-là.

Le médecin grec examina longuement Annibal. Ayant fait allumer un brasier sur un léger trépied d'airain, mélangeant, dosant, agitant, il composa une potion d'une saveur amère et d'une odeur indéfinissable, il la versa dans une coupe d'argent. Les bras étendus, il murmura une invocation à Hippocrate et présenta le breuvage au Suffète.

— La potion des anciens, dit-il; elle va te guérir, Seigneur, ranimer tes forces, réveiller en toi le feu de la première jeunesse.

La potion prise, Annibal laissa retomber sa tête sur les coussins et, rigide, enveloppé dans ses vêtements, s'endormit.

Alors Typhoros à Maharbal :

— Seigneur, je veux pour le Suffète un repos absolu. Ce repos que réclament à grands cris les soldats, qu'exigent même les vétérans d'Afrique, que je voyais avant-hier s'évanouir de fatigue en arrivant à l'étape, Annibal en a besoin plus encore; c'est pour lui une question de vie ou de mort!

Ils sortirent, laissant dormir le Suffète d'un sommeil agité, tandis que Photidès et Sisbée, à qui ces syncopes ne paraissaient pas naturelles, dégainaient et sans parler, se comprenant d'un coup d'œil, s'installaient au pied du lit de pourpre pour y veiller, glaive nu, sur le sommeil de leur chef.

Pendant quelques jours Annibal garda un repos presque absolu, après quoi, sans se lever de sa couche, il donna audience. Correspondant avec les principaux sénateurs de son parti, forçant la Gérousia à agir et d'autres fois passant par-dessus sa tête, Annibal, fort du prestige de ses victoires faisait entrer la Macédoine dans l'alliance de Carthage. Philippe, ébloui par la gloire de Cannes, se décidait à écouter Démétrius de Pharos. Une armée macédonienne dut débarquer sur la côte orientale de l'Italie.

La diplomatie d'Annibal remportait dans le même temps un autre grand succès en Sicile, le jeune Hiéronymus s'alliait avec Carthage, les deux flottes amies s'apprêtaient à attaquer l'escadre romaine qui était à Lilybée dans une position critique.

Ainsi, autour de Rome, le génie du Suffète forgeait un cercle de fer.

.   .   .   .

Publius Corlian, remis de ses blessures, mais encore très faible, surveillait les travaux de ses esclaves. Sa mère était morte de chagrin, ses jeunes frères s'apprêtaient à partir pour l'armée, tout était tristesse autour de lui. Partout des désastres !

Presque tous les chevaux avaient péri dans cette suite de campagnes épuisantes. Le bétail avait été pillé par la cavalerie punique, ou avait servi à la nourriture de l'armée. Au lieu de bœufs et d'étalons on attelait des ânes aux charrues et parfois, à côté d'eux, des esclaves. Les porcheries étaient dévastées comme les basses-cours. Faute de bras les foins avaient pourri sur pied. Les champs de blé foulés par le passage des guerriers, dévastés par les orages, retournés par les bêtes sauvages qu'on ne chassait plus, ne pouvaient plus guère livrer que le quart de la récolte. Dans l'Italie entière, le blé qui n'était plus protégé par l'industrie des hommes avait souffert de mille fléaux : la nielle avait attaqué les épis, la funeste ivraie et l'avoine stérile dominaient les cultures jadis riantes. Le coût de la vie s'élevait au delà de toute limite. Devant la disette menaçante il fallait produire, produire à tout prix ! Cependant les rustiques abandonnaient leurs toits de chaume pour venir s'abriter derrière les murs des Oppida. Affamer le Latium, tel était maintenant le but visible du Punique. Rome ne voulait pas mourir ! Malgré les coups du Suffète elle se raidissait et ne désespérait pas de la victoire finale. Les armées se réorganisaient. De toutes parts les dons affluaient, à ce point que les comptables et les teneurs de livres étaient débordés. Au milieu de

la misère générale les fournisseurs de l'armée
s'enrichissaient. Ces peu sympathiques personnages qui, loin des glaives et des javelots, faisaient de scandaleuses fortunes, jugeaient prudent de se signaler par leur générosité.

Assis au pied d'un amandier, Quintus Fabius
exposait ce jour-là la situation à Publius Corlian.
Le vieillard demeurait d'un optimisme irréduc-
tible.

— Annibal, disait-il, n'a pu rompre comme il
l'aurait voulu nos alliances. Nos colonies latines
de l'Italie méridionale nous gardent une inébranlable fidélité. Les Grecs de Campanie ont sauvé
Naples et repoussent les propositions des Puniques; dans la grande Grèce, Rhégium, Sénitie,
agiront de même.

Marcellus a pu couvrir Nola contre le Suffète
en personne; c'est notre premier grand succès
depuis des années, et si Tarente tombe, ce sera
faute de vivres. La chaîne de nos forteresses couvre
le pays, nos soldats se battent mieux, je veux dire
plus habilement, car leur bravoure a toujours été
au-dessus de tout éloge. Tu sais que j'ai fait substi-
tuer le glaive ibérique à notre glaive romain,
cette réforme porte déjà ses fruits. Marcellus en
vulgarisant l'usage de la javeline navale, qui permet d'atteindre l'ennemi aux grandes distances, a,
lui aussi, rendu un grand service à notre tactique.

L'Italie, presque entière, est de cœur avec nous,

de partout nous arrivent des encouragements et,
chose plus précieuse, des soldats et des vivres.
De nouvelles armées s'organisent; laisse passer
l'hiver, tout changera.

Tu sais enfin qu'en Espagne nos affaires sont
en bonne posture. Les Scipion ont battu Hasdrubal, le propre frère du Suffète. La flotte carthaginoise a essuyé une défaite à l'embouchure dé
l'Èbre, les Gaulois de la Transalpine entrent de
plus en plus dans nos vues et, alliés aux Marseillais, s'engagent à ne laisser passer nul renfort pour
les Carthaginois. Certes, la situation est grave,
très grave même, mais non irrémédiablement
compromise; en ce moment désespérer de la patrie serait la trahir.

— Oui, père, mais que fait le Suffète?

— Le Suffète est, avec son armée, dans cette
misérable Capoue qui nous a trahis, — puissent
les dieux l'écraser! Là, les mercenaires, abandonnant pour la première fois après tant d'années la
rude vie des camps, s'endorment dans les délices
et s'énervent dans les plaisirs. Et puis, il y a aussi
autre chose.....

Le vieillard baissa la voix.

— Nous avons quelque influence à Carthage. Garde ceci pour toi, mon fils, mais le
haut commerce, groupé autour d'Hannon, a
refusé de renforcer le Suffète. On lui a envoyé
des secours dérisoires. Je suis certain qu'il n'a

pas plus de 35.000 hommes à mettre en ligne.

— Mais alors, père, il est en fort mauvaise posture.

Fabius haussa les épaules.

— Tout autre, oui, serait en mauvaise posture, mais lui c'est Annibal, donc autre chose. Certes, je vois clair maintenant dans sa tactique : toujours les mêmes procédés, nous fixer sur notre front et nous manœuvrer sur les deux ailes. Au début de la bataille, engager ses plus mauvais soldats pour que nos légionnaires se fatiguent à les vaincre, s'épuisent à tuer des Gaulois, puis, nos manipules désunis et essoufflés, les entourer et les assaillir avec ses vétérans. N'importe! Qui osera attaquer le Suffète en bataille rangée? Même à la tête d'une poignée d'hommes, qui sait ce que ne fera pas ce génie infernal? Ne dit-on pas que, grâce à son avarice extrême, il s'est constitué, en vendant sa part de butin, d'immenses domaines en Asie Mineure où il lève des mercenaires. On raconte, mais ceci nous importe peu, que, s'il a envoyé Magon à Carthage, c'est parce qu'ils ne pouvaient s'entendre sur le partage de nos dépouilles. Ah! qui nous en délivrerait par le fer ou le poison aurait bien mérité de la patrie. Vois-tu, cette guerre n'est pas entre deux races, c'est le duel grandiose et surhumain d'une puissante nation et d'un homme : de Rome et d'Annibal...

On parla d'autre chose. Quintus Fabius insista

sur les devoirs à rendre aux Immortels, qui tiennent sur leurs genoux le sort des humains. Il avait fait soigneusement exécuter tout ce que les devins ordonnaient. Fabius Pictor son propre parent était parti pour Delphes, consulter l'oracle. Deux vestales s'étant laissées séduire dans le temps du désastre de Cannes, l'une avait été enterrée vive, selon l'antique et vénérable coutume, l'autre s'était donné la mort. Publius Corlian approuva. Dans les tristes temps qu'on vivait on ne saurait être trop pieux, ce n'était pas le moment de mécontenter l'Olympe...

Alors fut célébré le mariage de Publius Corlian et de Terentia Cecilia. Ces noces n'eurent pas là splendeur des anciens jours. Les présents furent modestes, tout le monde était pauvre, chacun gardait ses ressources pour la guerre contre Annibal.

Le grand prêtre qui, devant les dix témoins exigés par la loi et en présence du flamen dialis, constata l'union des deux époux, semblait près d'entrer dans la tombe. Les rites du mariage qui, tous, parlent de félicité, de fécondité, de richesse, semblaient démentis par le spectacle de la misère environnante, attristés par la crainte de nouvelles épreuves. Les grains de blé qu'on fait ruisseler sur la chevelure de la mariée en signe d'abondance, avaient été mesurés d'une main avare, car on en avait peu pour les semailles. La brebis qui fut immolée et dont on étendit la peau sur les sièges des fiancés était bien maigre, le gâteau qu'on porta devant la jeune épouse était noir, à cause de la mauvaise qualité de la farine. Le festin même fut triste, tout le monde était en deuil, par deux fois des messagers l'interrompirent pour venir informer le vieux Fabius que la cavalerie carthaginoise, venue de Campanie, pillait les fermes dans le sud du Latium.

Son mariage accompli et tant de tristesses ne diminuant pas son bonheur, Publius Corlian résolut de confier la direction de ses biens à sa femme, tandis que lui-même se consacrerait à la lutte suprême que Rome et ses alliés allaient engager contre Annibal.

* * * * * * * * * * * * * * * * * * * *

Capoue reposait dans la paix du jour. Cette paix était partout, en elle, autour d'elle. Toujours auguste et présente, aussi bien dans la lumière que dans l'ombre, dans le plus humble, comme dans le plus magnifique décor. Un dieu berçait la ville voluptueuse, il était père du dieu du silence, d'un silence apaisant que seules animaient, sans le troubler, les voix chantantes des fontaines. Puis la nuit venait et trouvait Capoue plus belle encore. Paisibles étaient les rues et les places. Nul vent ne faisait trembler les amandiers. Çà et là, sur un toit en terrasse, une lampe éclairait une veillée tardive. Aucun souffle, aucun bruit.

Est-ce la fraîcheur des ondes, est-ce la tiédeur du ciel, ou les sucs de la terre, qui rendaient l'enchantement de Capoue si prenant pour le cœur et les sens?

Les mercenaires parcouraient comme dans un songe merveilleux cette ville élégante, avec ses voies pavées de larges dalles, ses temples au fronton sculpté, ses alignements de colonnades, ses aqueducs amenant l'eau des sources lointaines, ses jardins où resplendissaient les fruits d'or, ses thermes immenses, ses statues d'airain et ses statues de marbre.

Habitués à la rude vie des camps, ces farouches soldats, qui, hier encore, mangeaient sur le pouce et couchaient sur la dure, coulaient leurs jours en de perpétuels festins, où l'on soupait couché sur des lits. Les tables se couvraient de vaisselle d'argent et d'or; on servait des sangliers entiers, des turbots grands comme des boucliers, des mets succulents et rares, dont les guerriers ignoraient jusqu'au nom.

A d'autres jours, le peuple couvrait le Forum. Les mercenaires, peu bavards par nature, admiraient un orateur célèbre. Avec de grands gestes de la main droite, la main gauche enveloppée dans sa toge, le maître soulevait la colère ou faisait couler les pleurs. Puis il y avait de longues processions de citoyens en habits de fête, de jeunes filles en robes blanches, de devins et d'augures, de prêtres des deux sexes portant des dieux aux visages peints couchés sur des lits.

Les soldats allaient au cirque, où, sous les yeux de la foule entassée au long des gradins, combattaient des gladiateurs, les uns avec le bouclier et le glaive, d'autres avec le trident et le filet. Le peuple, les magistrats, les jeunes filles même, le pouce tourné en bas, demandaient l'égorgement du vaincu, tandis que, perçant le velum bleu, les flèches d'or d'un ardent soleil se jouaient sur les faces illuminées par les libations, surexcitées par le spectacle grandiose et sanglant.

D'autres fois, ils contemplaient la pompe des sacrifices lorsque, parmi les chants et les danses, coulait le sang des taureaux blancs comme neige.

Le théâtre les attirait où des acteurs au masque de bronze, rugissant d'une voix métallique, jouaient les amours des Immortels et les infortunes des héros.

Les officiers phéniciens, portant leurs somptueuses armures avec une fière élégance, faisaient assidûment la cour aux dames capouanes, recherchaient leur voisinage sur les gradins des théâtres et des cirques, disposaient des coussins sous leurs pieds charmants aux orteils sertis de bagues étincelantes, applaudissaient les acteurs, les danseurs, les chanteurs, les cochers, qu'elles préféraient, tournaient les mains comme elles pour exiger la vie ou la mort d'un gladiateur, tâchaient de deviner le parfum égyptien dont elles raffolaient ce jour-là, disposaient des couronnes de roses sur le seuil de leur demeure, glissaient la pièce d'argent dans la main des portiers, enjôlaient par des présents une esclave favorite, prétendaient qu'ils mouraient de langueur, écrivaient de mauvais vers grecs, et, sous prétexte d'imiter les petites pièces amoureuses des poètes de la Crète, donnaient dans les fadeurs.

Ainsi coulait l'hiver.

Dans un état de santé médiocre, ayant en outre, à se garder, par mille ruses et travestissements, contre le poison et le fer des assassins, accablé de travail, entretenant une correspondance immense et menant mille intrigues contre Rome, le Suffète ne voyait pas sans inquiétude son armée s'adonner aux plaisirs, aux basses voluptés, à l'oisiveté de cette ville corrompue. Mais il se sentait impuissant à réagir. Depuis l'Espagne, il menait ses hommes guerroyant sans cesse. Dans l'âpre désert de la guerre, Capoue était une rafraîchissante oasis. A tout instant des mercenaires venaient réclamer leur congé, beaucoup souffraient de leurs blessures, d'autres parlaient de leur pays. Annibal sentait que s'il risquait une remontrance ou parlait de ramener les troupes dans un camp, une vague d'indiscipline détruisait cette armée mercenaire que nul lien solide n'unissait à Carthage.

Le généralissime avait d'autres soucis. Magon n'envoyait de la métropole que de grandes félicitations et de vagues promesses. Bien qu'il fût aisé de débarquer des renforts à Catane ou dans quelque autre rade, nulle voile ne se montrait à l'horizon.

Cependant, dans un immense effort, Rome préparait une nouvelle campagne. Et tandis que le monde entier le saluait en vainqueur, mesurant le gouffre où le précipitait l'indolence de ses compatriotes, le Suffète voyait avec terreur d'innombrables légions s'armer et s'exercer, tandis que sa petite armée s'énervait et s'épuisait, dans les délices de Capoue.

CHAPITRE X

LES ANNÉES QUI SUIVENT

Un printemps âpre et pluvieux couvrait de ses voiles légers l'Italie du Sud. Les Romains menaient une rude campagne. Ils montraient trois armées parfaitement prêtes, montant chacune à quarante mille combattants.

Quintus Fabius et Tibérius Sempronius (qui s'était distingué comme général de la cavalerie) prirent le commandement des deux premières armées en qualité de consuls. Marcellus obtint le commandement de la troisième en qualité de proconsul. Les généraux romains résolurent, comme l'avait si souvent demandé Quintus Fabius, d'affaiblir le Suffète par des escarmouches, d'éviter toute bataille là où il commanderait en personne, et, bien appuyés sur leurs imprenables forteresses, d'assaillir ses lieutenants. Ainsi, peu à peu, dans un cercle de fer ils resserrèrent l'armée carthaginoise. Puis, des détachements furent envoyés sur la côte orientale, et la guerre embrasa à la fois la Campanie et l'Apulie.

Annibal devina le plan de ses adversaires. Peu confiant dans les milices alliées des communautés grecques ou latines, il se jeta à la tête de ses mercenaires entre ses adversaires. Manœuvrant sur les lignes intérieures, il les étourdit par la rapidité de ses coups et l'audace de ses combinaisons. Cependant les généraux romains, s'en tenant au plan de Quintus Fabius, attaquèrent et battirent successivement les détachements où le Suffète ne commandait pas lui-même. Malgré quelques succès, Annibal ne put rien tenter de décisif. Ses victoires personnelles compensèrent à peine les échecs de ses lieutenants. Nulle campagne ne démontra mieux l'utilité de la fortification permanente, les oppida faisaient la principale force des Romains. La guerre d'Italie dégénéra vite en une série d'opérations secondaires et de coups de main.

Les officiers phéniciens, exaspérés par leurs échecs et aussi par l'inertie, la lenteur, les interminables discussions du grand Conseil, qui promettait toujours et ne tenait jamais, pressaient le Suffète de s'embarquer, d'aller à Carthage pour y faire un coup d'État militaire et ceindre le bandeau royal. Disposant selon son bon plaisir de toutes les ressources et forces des Puniques, il serait pratiquement maître du monde, Rome n'ayant qu'à se soumettre ou à périr. Mais le grand homme repoussait avec indignation ces propositions, déclarant que ce serait ternir sa gloire. Quels que fussent les torts du Sénat, jamais il ne violerait les lois saintes de sa patrie.

En ce temps-là, Photidès commandait une des avant-gardes composée exclusivement de cavaliers gaulois. La nuit était venue, l'officier grec était étendu devant un petit feu de bivouac d'où s'élevait une grosse fumée triste; elle se dispersait en tourbillons légers, obscurcissant au ciel les premières étoiles; il causait avec Cot couché auprès de lui. Un abri léger fait de sarments de vignes les abritait du vent. Du vent âpre et glacial dont voici un instant la lune annonçait le lever en rougissant de pourpre son front virginal. Le Gaulois annonçait son prochain départ.

— Mes cavaliers s'en vont les uns après les autres, j'ai femme et enfants là-bas, les années passent, dois-je me résigner à ne plus voir les miens?

Photidès haussa les épaules :

— Nos renforts ne tarderont pas à arriver, Rome tombera, quel beau pillage en perspective!

Et Cot :

— Mon métier à moi, c'est de mener des escadrons, je n'entends rien à la politique, mais j'ai

des yeux pour voir. Les renforts n'arrivent pas,
et ceci fait notre perte.

— Oh! notre perte!

— Mais oui, parlons sans contrainte. Après
Cannes les alliés nous venaient, la ligue italique se
dissolvait, si trente mille hommes seulement étaient
arrivés, c'en était fait de Rome, mais quoi, rien...
des promésses... L'Asie, la Grèce doivent s'armer
pour notre querelle! Comme si nous ignorions que
Rome veille et a pris la tête d'une coalition
grecque contre Philippe. En Espagne, en Sicile,
sur terre comme sur mer, Rome tient l'offensive
et vous vous défendez péniblement. Ici, une armée
qui s'affaiblit, qui ne vaut que par son chef.
Qu'Annibal meure, qu'il tombe dans une embuscade, sans compter le poison et le poignard,
tout est fini pour nous. Tiens-tu à aller orner
le triomphe d'un consul, à finir étranglé dans
ta prison, ou sous le fouet d'un intendant en
tournant la meule à blé dans quelque ferme du
Latium? Ce que je vois, moi, tout simple que je
suis en politique, d'autres le comprennent et nos
alliés d'un jour nous abandonnent. La ligue italique, loin de continuer à se dissoudre, rentre
dans l'alliance romaine, et montre d'autant plus
de zèle qu'elle a beaucoup à se faire pardonner.

— Oui, cela est exact, quoique exagéré peut-
être, mais, je te le répète, de Grèce et d'Asie vont
nous arriver des armées.

— C'est possible, mais je n'ai plus le temps de les attendre.

— Eh bien, soit, il y a un mauvais moment à passer! Le génie d'Annibal a vaincu d'autres obstacles. Pour ce qui est de sa vie, sois en repos, les dieux la protègent, ceux de l'Orient et ceux de l'Occident, le fer qui doit frapper le Suffète n'est pas encore trempé. Les Parques fileront longtemps le réseau d'or de sa vie. Mais quoi, tu nous abandonnerais dans les jours de péril?

Cot étendit la main et répondit avec vivacité :

— Écoute, oui, lorsque je vous ai suivis, seul l'espoir d'un beau butin me poussait. J'ai récolté en votre compagnie plus de horions que de pièces d'or, et pourtant je suis vôtre à la vie, à la mort. J'ai trop longtemps mangé votre pain et servi sous vos enseignes pour penser autrement. Quel soldat digne de ce nom ne suivrait Annibal au bout du monde! Mais, je veux revoir les miens, c'est un sentiment que tu ne peux comprendre, toi qui n'as d'autre patrie que ta tente.

— Et pour patrimoine un cheval qui n'est pas des meilleurs. Je te comprends, ami. Moi aussi j'ai eu des rêves d'ambition dans ma jeunesse. Pour de l'or et des honneurs, j'ai combattu sous Hamilcar, un véritable héros. Dans la suite, j'ai servi le fils comme je servais le père. Maintenant, au déclin de la vie, un seul sentiment m'anime : une fidélité et un dévouement sans borne pour notre grand homme. Je parlerai demain au Suffète et obtiendrai ton congé. Après tout, ta demande est juste. Tu as servi au delà de la limite de ton engagement, et avec quel courage! Pardonne un mouvement de mauvaise humeur.

Les deux hommes se serrèrent la main. Puis, Photidès :

— Tu n'as pas de service, cette nuit?

— Non.

— Dormons alors, tout à l'heure, j'irai visiter nos postes.

Les deux officiers roulés dans leur manteau s'étendirent auprès du foyer. Cot ne tarda pas à ronfler. Photidès, accoudé, réfléchissait. Cette interminable campagne lassait les dévouements les plus sûrs; combien d'officiers et de soldats étaient partis ainsi, et comment retenir ces braves? Les Romains, eux, servaient sans solde, et les années pourraient passer, ces citoyens-soldats resteraient en compagne sans un murmure, sans une plainte. Commander à des mercenaires! Quelle misère!

Et qu'était-il lui-même, sinon un mercenaire, un vulgaire aventurier! Rome et la Grèce n'étaient-elles pas du même sang, de la même race? En servant ces Orientaux méprisés, qui divinisaient les richesses à ce point, que, chez eux, seuls les dieux qui les donnaient étaient honorés et adorés jusqu'en de sanglants sacrifices humains, en servant chez ces hommes, qu' si leur patrie disparaissait un jour, ne laisseraient au monde nulle œuvre d'art qui ne fût une copie, nul poème, nul livre original, si ce n'est d'adroits petits traités d'agriculture, pour qui, en un mot, les choses de l'esprit ne comptaient pas ; en combattant pour une ville et pour des dieux qu'il avait en horreur, n'était-il pas un traître ! Qu'était-il chez les Barca ? Un serviteur adroit qu'on récompense, mais qu'on ne tient pas pour un égal. Un jour, devant Béziers (comme c'était loin !), il se souvenait du sourire dédaigneux de Magon, alors que lui, Photidès, proclamait la haine que lui inspirait Rome. Oui, mais il y avait Annibal !...

D'un bond Photidès se leva, alla jusqu'au feu voisin, réveilla son escorte, fit harnacher les chevaux et se mit en selle. Il allait au pas dans la nuit noire, ses cavaliers le suivant. Au bout d'un instant il avisa, à la lueur incertaine des étoiles, un groupe de cavaliers qui venait en sens inverse. Arrêtant son cheval, Photidès cria :

— Qui vive ?

— Carthage, répondit un des cavaliers !

— Avancez à l'ordre, le mot de passe.

— Avancez vous-même.

— Ce n'est pas répondre, dit Photidès en tirant son épée, avancez ou nous vous chargeons.

On entendit le bruit sonore des lances des cavaliers gaulois, tombant en arrêt sur la têtière des chevaux.

— Prenez garde à ce que vous allez faire, Messeigneurs! — dit une voix vibrante, dont le ton hautain et l'accent de commandement fit tressaillir le capitaine grec. Il remit son épée au fourreau, et, donnant de l'éperon, poussa vivement jusqu'à un cavalier qui venait au pas, au-devant de lui.

— C'est toi, Seigneur, dit Photidès stupéfait, en saluant Annibal.

— Moi-même, où allais-tu?

— Je faisais une ronde.

— Bien. Accompagne-moi, je visite les avant-postes et ne suis pas fâché de voir comment se fait de nuit le service de sûreté.

Les deux escortes suivaient à distance respectueuse et Annibal interrogeait Photidès.

— Ces feux, là-bas?

— Ce sont les avant-postes du préteur Livinius, il y a là trois manipules.

— Retranchés?

— Formidablement.

— Et là?

— Ces bivouacs de la deuxième légion.

— Celle qui est arrivée avant-hier de Campanie?

— Oui, Seigneur.

— Que fait leur cavalerie?

— Elle bat l'estrade, et à la plus petite alerte se réfugie auprès de l'infanterie.

— Bien.

Annibal, visitant plusieurs petits postes, admira avec quelle habileté Photidès les avait placés, et combien, parmi ces cavaliers gaulois, indépendants de caractère, régnait une sévère discipline. Et, tout en continuant sa route :

— Qui commande sous toi?

— Cot, Seigneur.

— Un brave et bon soldat.

— Oui, mais, hélas, il va nous quitter.

Et Photidès rapporta au Suffète la conversation qu'il avait eue avec Cot.

Annibal réfléchit un instant.

— Qu'on accorde, à ces braves Gaulois, leur congé puisqu'ils le demandent. Paye-les de ton mieux. Qu'ils aillent dans leur pays, qu'ils s'y reposent, et si le démon des aventures les tient toujours, ce dont je ne doute pas, qu'ils nous reviennent avec des renforts. Il n'y a pas autre chose à faire. La route est épineuse, Photidès, n'importe, nous arriverons au but.

— Avec toi, rien n'est impossible.

Annibal ne répondit pas; il demeurait songeur, et brusquement :

— Te souvient-il, Photidès, de notre première rencontre? J'étais encore un enfant et toi un officier expérimenté. Je jouais devant la tente de mon père. Avec de petits morceaux de bois, que tu taillais du tranchant de ton glaive, tu m'as enseigné les formations de la phalange, tu es mon premier professeur de tactique, trouves-tu que ton élève ait fait quelques progrès?

— Ah! Seigneur, puis-je croire que le maître des maîtres ait jamais été un élève!

Les deux hommes se turent et Photidès devina, sous la conversation enjouée du Suffète, quels angoissants problèmes agitaient son esprit. Il reconduisit le général jusqu'à la limite de ses bivouacs et fit demi-tour suivi de ses cavaliers. Peu après, il reposait auprès du feu éteint, étroitement roulé dans son manteau. Sur le front de bandière des armées ennemies, les appels des sentinelles troublaient seuls le silence de la nuit...

En Espagne la situation devenait favorable pour Rome. La Macédoine, malgré ses grandes promesses, ne bougeait pas, arguant que les ambassadeurs envoyés à Annibal étaient tombés entre les mains des Romains.

Finalement l'énergie de Rome était récompensée. Sur cet immense champ de bataille, qui embrassait le monde méditerranéen, à cette heure, elle était victorieuse partout où Annibal ne se trouvait pas.

Toutefois, la politique romaine avait maladroitement échoué à Syracuse qui par crainte de représailles était fidèle à l'alliance conclue par Hiéronimos.

Marcellus la bloquait par terre et par mer. Ce jour-là, dans sa tente, le proconsul recevait ses officiers.

— La ville serait à nous depuis longtemps, leur disait-il, sans Archimède. Il met au service de nos adversaires son génie d'ingénieur et de mathématicien ; ai-je besoin de vous parler de ses inventions merveilleuses ? Des balistes et des catapultes d'une puissance inconnue jusqu'ici. Des mains de fer saisissent nos navires, les soulèvent et les font chavirer. Ces miroirs ardents enfin qui, immenses, se dressent sur ses murs et incendient nos vaisseaux. — Voici maintenant un autre péril, Carthage sortant de sa torpeur a envoyé une armée sous Himilcon, elle a débarqué à Agrigente, Hippocrate est sorti de Syracuse avec ses meilleures troupes. Notre situation est critique, mais des renforts nous arrivent demain d'Italie, et, avec l'aide des dieux, nous vaincrons !...

Cependant le siège traînait en longueur. Marcellus bloquait la ville, et l'armée phénicienne renforcée par une flotte macédonienne le pressait à son tour. La Gérousia, toujours jalouse d'Annibal et redoutant son prestige s'il était complètement vainqueur, renforçait l'armée de Sicile et n'envoyait presque rien au Suffète. En la même heure les Romains affranchissaient sans indemnité les esclaves qui servaient dans l'armée et faisaient d'immenses sacrifices à Jupiter. Enfin une terrible épidémie éprouva bientôt en Sicile les Carthagino's et leurs alliés. Chose merveilleuse à dire, indiquant combien était manifeste la protection des dieux, cette peste épargna l'armée romaine, campée plus hygiéniquement il est vrai.

A la longue, Marcellus se fit des intelligences dans la place, et par ce moyen parvint à la prendre d'assaut. Contrairement à la parole donnée, la ville fut mise au pillage, Archimède et tant d'autres citoyens distingués furent massacrés. La Sicile semblait perdue pour les Carthaginois; mais de loin le génie d'Annibal veillait. Il envoya dans l'île un de ses officiers de cavalerie, le Lybien Mutine, qui prit le commandement des Numides. Assaillis dans les escarmouches continuelles, les Romains commencèrent à perdre du terrain. Mais les deux généraux carthaginois qui commandaient là firent si bien, que le jeune officier numide, exaspéré par leurs mauvais procédés, et sentant qu'en haine d'Annibal les officiers puniques, envoyés par le grand Conseil, cherchaient à le perdre lui-même, fit sa paix avec les Romains.

Les Macédoniens ne faisaient toujours rien pour Annibal, par pusillanimité ou incapacité; et ils ne surent pas se ressaisir, encore moins se défendre, lorsque Rome eut pris contre eux la tête d'une coalition grecque.

Finalement le plan d'Annibal que la Grèce et l'Asie avaient un instant compris, et secondé, échouait devant l'indifférence du Sénat carthaginois et l'incurable mollesse des Grecs et des Macédoniens.

En Espagne, la guerre s'éternisait. Carthage y portait quelques renforts, mais sans esprit de suite. Les Phéniciens avaient là, il est vrai, Hasdrubal, le frère du Suffète, qui avait quelque chose de son génie. A ce moment de la guerre Hasdrubal avait à faire face aux armées romaines des deux Scipions en Espagne, et à une révolte de Syphax en Afrique.

Passant en Afrique, le général carthaginois battit les troupes de Syphax, instruites et encadrées par des officiers romains, grâce à l'aide que lui apporta Massinissa. Puis les deux hommes de guerre revinrent en Espagne, les Scipions attaqués par les Carthaginois furent battus tous deux et tués. Toute l'Espagne du Sud et de l'Èbre fut perdue pour les Romains.

Néron envoyé en Espagne ne fut pas plus heureux. Mais voici que, plutôt par l'effet du hasard d'une élection, que par un choix savamment motivé, Rome envoya sur ce théâtre lointain Publius Scipion. Ce jeune homme avait vingt-sept ans, neuf ans auparavant il avait sauvé la vie à son père, à la bataille de la Trébie. Depuis il s'était distingué à Cannes. Ce jeune tribun militaire, nommé d'un seul coup commandant d'armée, avait le cœur chaud, l'âme ardente, de la ténacité et une froide raison. Élevé au-dessus du peuple, très fier de sa naissance, sans s'en montrer vain, fidèle à sa parole et loyal dans ses sentiments, c'était un excellent officier et un bon diplomate, il joignait, à la culture hellénique, le sentiment national romain. Sa mâle beauté, son courage, sa générosité plaisaient. Il était homme du monde accompli, de mœurs élégantes, gagnant facilement le cœur des femmes et celui des soldats. Sans avoir plus de génie que Marcellus, il plaisait davantage. Il vint en Espagne, fut habile, heureux et y vainquit...

Les grands succès de Scipion en Espagne avaient complètement changé la face de la guerre. Dans les rues de Rome on ne s'entretenait que des victoires du jeune général. Il avait pris Carthagène, avec elle des navires, des milliers de prisonniers, un immense butin, puis, passant en Andalousie, il avait battu les Carthaginois. Finalement il avait conquis presque toute la Péninsule.

Certes, Rome souffrait; tout ce qui était valide ou presque était à l'armée. Dans la plate campagne les malheureux paysans, fuyant devant la cavalerie du Suffète, couvraient les routes et les chemins, misérable foule égarée, piétinante, avec une majorité de vauriens et de mendiants, à son

approche se fermaient les portes des bourgs épouvantés. Les finances étaient dans un désordre
inexprimable, la principale ressource, la taxe fon-
cière, ne rentrait que fort irrégulièrement. Mais,
en dépit de cette misère, les Romains, patients et
tenaces, forts de leur nombre et de leur volonté
de vaincre, regagnaient lentement le terrain si
rapidement perdu. Leurs armées s'augmentaient
sans cesse, tandis que, peu à peu, les alliés italiques
d'Annibal, Campaniens, Apuliens, Samnites, Brutiens, mal couverts par la petite armée carthaginoise, et menacés par l'habile stratégie de Marcellus, faisaient discrètement leur soumission.

Ainsi passaient les mois et les ans. Dans ces
graves circonstances Annibal n'avait qu'à attendre que Philippe exécutât ce débarquement,
promis depuis si longtemps, ou encore que ses
frères lui tendissent la main de l'Espagne à travers
les Gaules. Pour le moment, tenant une défensive
obstinée, il maintenait son armée en état de combattre et cherchait à conserver ses derniers alliés...

Donc, présentement, à Rome on respirait.
Cependant Hasdrubal Barca, en sacrifiant une
partie de son armée, avait pu échapper à la vigilance de Scipion, se frayer un chemin vers la côte
nord de l'Espagne avec ses troupes, ses éléphants,
ses bagages. Il avait franchi les Pyrénées, et hiver-
nait dans les Gaules. Entre temps, Magon se dis-

posait à quitter Carthage et à faire voiles pour l'Italie, afin de rejoindre Annibal. Le grand capitaine secouru à temps par ses deux frères, Rome, à qui le destin semblait sourire, aurait vécu. D'ailleurs, elle s'épuisait de plus en plus. Les crises agricoles, commerciales et financières se succédaient sans interruption. Les dépenses de guerre dépassaient toutes les prévisions, les impôts devenaient accablants, le coût de la vie augmentait sans cesse.

— Sais-tu, disait un jour Quintus Fabius à Publius Corlian, que le medimne de froment se paye maintenant jusqu'à quinze deniers.

— Je le sais, mais ne recevons-nous pas des blés d'Égypte?

— Oui, mais il faut les payer. Produisons nous-mêmes. Je viens de proposer au Sénat des mesures propres à ramener aux champs les paysans. Enfin, malgré notre misère, nous arriverons toujours à ravitailler nos soldats, c'est l'essentiel... chassons toute alarme... Certes, les temps seront encore durs, mais nous vaincrons.

Et Quintus Fabius, parlant ainsi, répandait autour de lui la confiance, alors que, prévenu de la marche des renforts puniques à travers les Alpes, il savait qu'un nouvel et terrible orage allait fondre sur Rome.

La lune à son dernier quartier montait lentement dans le ciel noir en faisant blêmir les étoiles. Sous sa tente de cuir Photidès causait avec Sisbée, récemment arrivé à l'armée. Envoyé à Carthage, puis en Macédoine, en Asie, en Sicile, en Espagne, finalement dans les Gaules, l'officier phénicien revoyait les camps du Suffète après une absence de près de sept ans et il interrogeait Photidès. Ces longues années de guerre avaient vieilli le capitaine grec, ses meilleurs amis tombaient l'un après l'autre. Cot l'avait quitté pour retourner dans son pays, il y avait deux ans, lassé lui aussi par cette interminable campagne. Les cavaliers biterrois l'avaient suivi, d'ailleurs la Gaule transalpine était maintenant grande amie de Rome; de jour en jour elle se latinisait. A tout instant des mercénaires demandaient leur congé, Annibal n'osait le refuser à ces vieux compagnons d'armes, épuisés de fatigue et criblés de blessures.

Photidès s'accouda et regardant le jeune homme dans les yeux :

— Mais enfin, ô Sisbée, que s'est-il donc passé en Macédoine?

— C'est très simple. Philippe avait fini par écouter les conseils de Démétrius de Pharos. Il attaque les Romains et essaye de conquérir l'Illyrie. Il traite avec Annibal, et s'engage à débarquer ici même une armée gréco-macédonienne, destinée à nous secourir. Les Grecs, en ce temps, disaient à qui voulait les entendre, qu'ils prendraient part volontiers à une coalition contre Rome.

— Je suis au courant de tout cela.

— Malheureusement, Philippe n'était pas l'homme qu'il fallait. Ne va-t-il pas s'aviser de vouloir assujétir la Grèce? Naturellement le Sénat romain, très au courant de ses projets, prévient les Grecs, profite de leur indignation, et à la tête d'une coalition grecque menace la Macédoine. Tu vois d'ici le gâchis! A cela rien à faire. Il aurait fallu qu'Annibal fût là-bas, et avec son génie diplomatique... Remarque-le bien, je ne suis pas de ceux qui disent : « Carthage n'a rien fait. » Elle a voté des crédits, levé des troupes, bref, fait un gros effort, oui, un très gros effort, mais tout cela était décousu, mené sans esprit de suite.

— Et en Asie?

— En Asie, on dort. Quand on se réveille, on discute et on se dispute à propos de la Bactriane et des satrapies orientales. Mais, que Moloch me brûle, si ces gens-là viennent à notre secours! Quant à l'Égypte, entre nous, elle penche secrètement pour Rome, et puis, elle a intérêt à ce que la guerre se prolonge : elle s'enrichit en ravitaillant nos adversaires. Mais ici où en est la guerre?

Photidès esquissa à grands traits la situation.

Carthage avait laissé sans secours le Suffète, renforcé médiocrement par des alliés indolents. Cependant il avait tenu la campagne contre les formidables armées romaines, que Marcellus menait avec un talent supérieur.

— Sais-tu quelles étaient les forces romaines après Cannes, je veux dire au printemps suivant, à la cinquième année de guerre?

— Je l'ignore.

— Voici : les Romains avaient réoccupé l'Italie du Nord, ils y avaient trois légions, soit quarante mille hommes avec les auxiliaires. Tibérius Gracus, avec quatre légions, était en Apulie, appuyé sur les places de Lucéria et de Bénévent, donc cinquante mille hommes de plus au minimum. Enfin l'armée principale sous Quintus Fabius et Marcellus, ayant pour but de nous reprendre Capoue, montait à sept légions, avec la cavalerie alliée, cent mille hommes. A Rome cinq légions en réserve.

— Donc, en Italie, en gros deux cent cinquante mille hommes.

— Oui, sans compter les armées d'Espagne et de Sicile, et les équipages de la flotte?

— Et nous?

— Nous? Annibal était à Arpi avec les Africains, les Espagnols, et l'élite des Gaulois, le tout renforcé par les fameux envois du Sénat, disons trente mille hommes et je compte large. Hannon campait dans le Brutium, dont la population nous était favorable, il avait avec lui les Lybiens, les hoplites grecs, quelques bataillons de Gaulois cisalpins, et celles de nos milices alliées qui pouvaient tenir campagne, à savoir les contingents apuliens, campaniens, samnites et brutiens, soit quarante mille hommes, fort disparates.

Ajoute à cela la flotte romaine, toujours maîtresse de la mer. La Gérousia qui, lorsqu'elle veut faire un effort, au lieu de secourir son armée principale, disperse ses troupes en Sicile, en Espagne, en Grèce, en Macédoine, en Asie, bref aux quatre coins de la Méditerranée, car au fond elle ne veut pas qu'Annibal soit trop vainqueur et soit surtout le seul vainqueur. Donc, on nous laisse avec soixante-dix mille hommes médiocres en face d'un bloc compact de deux cent cinquante mille Romains, animés d'ardeur patriotique, qui veulent en finir, et on trouve étrange que nous n'ayons pas encore pris et brûlé Rome!

Il a fallu en réalité tout l'art magique du Suffète pour que nous ne soyons pas dix fois écrasés, et il y a sept ans que cela dure.

— C'est vrai, sept ans.

— Mais oui, ami, voici huit ans que nous étions vainqueurs à Cannes. Ah! le temps passe.

Et Photidès, après un soupir, reprit son récit.

— Abandonné de tous, Annibal avait encore une fois transformé l'art de la guerre. Lui, qui jadis devait ses triomphes à l'impétuosité et à la hardiesse de ses offensives, était passé à un système, défensif obstiné. Disputant le terrain pied à pied, faisant une guerre d'escarmouches, manœuvrant

sur la ligne intérieure entre les armées romaines,
tombant sur elles au moment où elles ne s'y attendaient pas, les surprenant de flanc pendant leur
marche, à force de triomphes il retardait l'heure
de la débâcle. Cependant, son armée s'épuisait,
s'anémiait, fondait dans ces plaines italiennes,
où la morsure ardente du soleil allume de mortelles
fièvres. Et peu à peu, faisant tache d'huile, les
légions surgissaient de toutes les directions.

Attendant toujours l'armée macédonienne, le
Suffète, par l'habileté de sa diplomatie et la force
de ses armes, avait conquis la magnifique Tarente,
moins la citadelle que tenaient solidement les
Romains. Malgré la possession de cette rade sûre,
nulle flotte ne lui avait apporté des secours. C'est
tout au plus si, par deux fois, il avait reçu quelques
éléphants.

— Et Capoue? interrogea Sisbée.

— Ah! Capoue! Capoue!... Écoute : C'était
cinq ans après Cannes, Quintus Flacus et Apius
Claudius, les deux consuls (de vrais hommes de
guerre), menaçaient Capoue, et sans l'assiéger,
inquiétaient son ravitaillement. Ils pouvaient
avoir avec eux quarante mille hommes. La ville
souffrait. Or, tu sais de quelle importance était
pour nous l'alliance de Capoue, la deuxième cité
de l'Italie, la rivale de Rome. En conséquence,
le Suffète charge Hannon de ravitailler la ville.
Nous partons avec vingt-cinq mille hommes

et d'innombrables convois. Les Campaniens devaient avancer à notre rencontre jusqu'à Bénévent. Fidèles à leurs habitudes, ils sont en retard. Les deux consuls, prévenus de notre mouvement, accourent. Au lieu de manœuvrer en attendant le Suffète, Hannon toujours présomptueux, et croyant avoir quelque chose du génie d'Annibal, accepte la bataille, et la perd. Les Romains s'emparent de nos convois, et bloquent Capoue.

— Que se passa-t-il?

— Attends. J'étais officier de liaison entre Hannon et le Suffète. Annibal avait absolument interdit de livrer bataille, là où il ne commandait pas. Lorsque je lui ai apporté la nouvelle de la défaite, il m'a fait une de ces réceptions dont je me souviendrai, il était pâle de fureur, il cassait tout.

— Je m'en rapporte à lui!

— Naturellement, nous partons en toute hâte pour débloquer Capoue. Campé sur la voie Apienne, Tibérius Gracus, avec plus de soixante-dix mille hommes fortement retranchés, nous barre la route.

— Qu'avez-vous fait?

— Par Hercule! tout raconter serait long! Un Lucanien fort habile nous a débarrassés de Tibérius Gracus.

— Je comprends.

— Son armée, constituée en majorité par des

légionnaires arrivés à la limite de leur temps, et qui servaient par amour pour lui (tu sais quel grand homme de guerre c'était, et combien adoré du soldat), son armée, dis-je, s'est dispersée. Ajoute que, quelque temps avant, Hannon et Bostar, l'un désireux de réparer son échec, l'autre de se faire une réputation, avaient assailli, à la tête des cavaliers phéniciens et de l'excellente cavalerie campanienne, les escadrons consulaires autour de Capoue, et les avaient battus. Donc, la route est libre, nous arrivons, les deux consuls se sauvent devant Annibal, comme s'ils avaient le feu aux trousses, nous ravitaillons Capoue, et y faisons une entrée triomphale.

— Bref nous voilà vainqueurs.

— Oui. Note encore que nous avions battu Marcus Sincius, une buse, et le préteur Gnéus Fulvius Flacus, celui-ci au moment où il essayait de gêner nos opérations en Apulie. Mais ceci n'est que le premier acte du drame. A peine arrivés à Capoue mettions-nous pied à terre, les têtes des colonnes romaines se montrent en Apulie et menacent nos alliés. A cheval et en avant! Nous voilà en Apulie. Les Romains se sauvent en refusant, une fois de plus, toute bataille rangée. De là nous courons, toujours à marche forcée, jusqu'à Tarente, où on avait grand besoin de nous.

As-tu vu jouer, ami, les tragédies de notre grand Sophocle? Ce sont toujours les mêmes figurants qui défilent. Suivant les besoins de la mise en scène ils changent de manteau. Dans notre armée c'est un peu pareil. En Campanie, en Apulie, dans le Brutium, devant Tarente, à Bénévent, ce sont toujours les mêmes soldats sous le même Suffète. Nous ne changeons même pas de manteau, car nous n'en possédons qu'un seul. A ce jeu-là, les armées fondent comme du beurre dans la poêle. Sans compter que les liens de Symachie, fondés par Annibal, se relâchaient forcément, et si les Romains, par leur stupide cruauté, avaient jeté dans nos bras les citoyens grecs d'Héraclée, de Métapontum et de Tarente, il n'en est pas moins vrai qu'un acte comme celui de Tibérius Gracus, donnant la liberté et le droit de cité à ses soldats esclaves, après un engagement heureux pour ses armes, montrait qu'il y avait quelque chose de changé à Rome. Tu le vois, notre situation n'était pas brillante. Mais fermons cette parenthèse, je continue.

Donc, tandis que, du fond de l'Apulie, nous courons assiéger les châteaux forts de Tarente, trois armées romaines bloquent Capoue. Apius Claudius s'installe à Putéloie et à Volurnum, Quintus Fabius à Casilinum, Gaïus Claudius Néron sur la route de Nola. Ils élèvent avec promptitude des camps fortifiés et les relient entre eux par des lignes de tranchées. Les Capouans commencent à claquer du bec et nous envoient des messagers.

A grand'peine, ils traversent les lignes romaines. Annibal ne perd pas un instant, avec ses troupes d'élite, vingt-cinq mille hommes en tout et trente-trois éléphants, il arrive à marches forcées et enlève, en un tour de main, la garnison de Colatia tenue par des recrues du Latium. Nous venons camper sur le mont Tipota, non loin de Capoue.

Le Suffète s'attendait à une bataille générale, il la désirait. Les Romains, bien approvisionnés dans leurs lignes, soigneusement couverts du côté campanien et du côté punique, ne bougent pas. Annibal, après avoir combiné avec les Campaniens, au moyen de signaux lumineux, une double attaque sur les retranchements romains, donne le signal du combat. Au milieu de la nuit, les officiers passent dans les campements, touchant les hommes à l'épaule pour les réveiller. En silence nous formons les colonnes d'assaut. Au moment voulu nous dévalons à toute allure sur les ouvrages romains. Sur beaucoup de points nos colonnes ne peuvent franchir les premiers fossés, sur d'autres les trous de loups et les stimuli les arrêtent. Cependant la colonne du centre que mène Hagon, peut arriver jusqu'à la redoute verte. Cet ouvrage était commandé, nous l'avons su depuis, par Publius Corlian... Ce nom ne te dit rien?

— Absolument rien.

— Te souviens-tu de Cot?

— Celui qui commandait les cavaliers tran-
salpins?

— Oui.

— Tu l'avais recruté à Béziers.

— C'est cela. Eh bien, Cot avait sauvé à Cannes
un tribun blessé, appartenant à la haute aristocratie romaine.

— Je me souviens maintenant. Annibal a mis
cet officier en liberté.

— Tu dis vrai, à cette époque le Suffète voulait, disait-on, négocier et peut-être aurait-il mieux
fait de laisser les Numides achever Publius Corlian... Revenons à la bataille. Bref, c'est lui qui
commandait là. Il a tenu comme un clou. Il y a
eu un corps à corps très sanglant. Si ces pauvres
Campaniens nous avaient soutenus, en prenant Publius Corlian à revers, nous pouvions
passer. Mais le tribun résiste, en nous tuant un
monde fou, et voilà l'artillerie romaine qui se
met de la partie. Dans le flanc de notre colonne d'assaut, arrivent en ronflant les bou-
lets de pierre, sifflent les javelines et les vire-
tons de baliste. Il y avait là une énorme cata-
pulte, à chaque coup elle nous enlevait des files
entières. Finalement, Publius Corlian prend
l'offensive et nous refoule, en désordre, hors de
ses retranchements. L'assaut échoue, nos pertes
sont sévères.

Le capitaine grec continua d'une voix plus

basse, montrant à Sisbée qu'il fallait qu'à tout prix, Annibal sauvât Capoue.

Alors, le grand capitaine eut recours au dernier expédient que pût imaginer son esprit inventif. Après avoir prévenu de sa manœuvre les Capouans, il s'était jeté, avec sa faible armée, à travers le réseau des forteresses romaines, et était arrivé en vue de Rome. L'armée carthaginoise avait campé devant les remparts de la cité. A cheval sur la voie Apienne, près de la deuxième borne militaire, devant la porte Capenne, Annibal avait longuement contemplé la ville, invulnérable dans sa ceinture de hautes tours et de sombres murailles. Dans la ville, on l'avait su plus tard, nul ne s'était découragé. Comme la nuit venait, on apprit que le champ sur lequel campaient les escadrons phéniciens appartenait au domaine public. Le Sénat le mit immédiatement en vente. Les enchères s'élevèrent avec une rapidité fabuleuse. Les grandes familles luttèrent à coups d'or, comme si, en achetant ce champ où campaient des cavaliers du Suffète, ces patriciens eussent voulu affirmer leur foi inébranlable dans le destin de la patrie. — Ravageant sans pitié la campagne romaine, Annibal avait espéré que les armées ennemies, épouvantées de le savoir aux portes de la ville sacrée, lèveraient le blocus de Capoue, et, plus fortes que lui numériquement, accourraient au secours de Rome. Il se flattait de les attaquer pendant leur marche, et, quel que fût leur nombre, de les battre en rase campagne, par une de ces manœuvres irrésistibles dont nul homme de guerre n'avait trouvé la parade. Lorsqu'il pensa la grande armée romaine en route, Annibal leva brusquement ses camps et courut à sa rencontre sur la route de Capoue. Mais la constance, l'impassiblité romaine, ne s'étaient pas démenties. Estimant la ville sainte invulnérable, se fiant à son destin immortel, les légions n'avaient pas bougé de leurs lignes. Seul le consul Publius Galba était sorti de Rome, pour suivre les Puniques et observer leurs mouvements. Brusquement, Annibal fit demi-tour avec son arrière-garde, se jeta sur le camp du Consul encore peu fortifié, le prit d'assaut, et, exaspéré par l'échec de sa savante manœuvre, massacra deux légions. Mais ce succès n'empêchait pas qu'après un siège de deux ans Capoue avait dû se rendre.

Et Photidès décrivit les implacables châtiments dont les Romains souillèrent leur victoire.

— Tu comprends sans peine, disait Photidès, en fermant à demi les yeux, l'impression profonde produite par la chute de Capoue, survenue après deux ans de luttes.

— Qu'avez-vous fait?

— Annibal n'a pas voulu rester sur ce grave échec. Toujours galopant, comme des chiens affamés, nous avons couru à marche forcée sur Rhégium. Le coup n'a pas réussi. Ensuite l'interminable affaire de Tarente. Enfin un malheur de plus : notre intendant Marko-Ibas est tué dans une embuscade, avec lui l'armée perd l'homme qui savait lui assurer un bien-être relatif. Tout se tourne contre nous.

— Oui, quelle misère ? Les dieux eux-mêmes...

— Oh! les dieux! Ceux de mon pays sont là-haut sur l'Olympe, ils coulent des jours fortunés, parmi des nuages aux formes toujours changeantes, en de perpétuelles fêtes autour des tables d'or. Ils se soucient bien des pauvres mortels! Et vos dieux à vous, je préfère n'en point parler!

Ils se regardèrent encore pendant quelques instants sans ouvrir la bouche.

Et le capitaine grec continua son récit :

— Autour de la citadelle de Tarente la lutte s'était poursuivie avec un indescriptible acharnement, sans résultat décisif. Annibal, à la tête d'une armée de plus en plus réduite, ne pouvait rien. Malgré la présence de la flotte punique, la ville de Tarente succomba. Tour à tour Marcellus et Quintus Fabius (celui-ci élevé pour la cinquième fois au consulat) menaient contre le Suffète une campagne de plus en plus ardente, menaçaient Nola, puis Plaisance, et reprenaient, une à une, aux Phéniciens les villes italiques.

Enfin, sentant le Suffète à bout de force, Marcellus, aidé de l'habile consul Titus Quentius Cris-

pinus, avait résolu de terminer la guerre par une
action décisive, en attaquant Annibal en rase
campagne, pour le contraindre à une bataille
rangée, ce que nul général romain n'avait osé
depuis le désastre de Cannes.

Photidès se leva, la voix ardente. Le Suffète avait connu et deviné en partie le plan des
généraux romains. Se dérobant, par une marche
de flanc, au choc de ses adversaires, il s'était jeté
au petit jour, à la tête de ses meilleures troupes, au
milieu des légions en marche, les avait surprises,
battues et mises en complète déroute. Le généralissime romain, l'illustre Marcellus avait été tué.
Son lieutenant Crispinus était mort de ses blessures.

— Si tu avais vu Annibal, l'épée à la main,
menant à l'attaque des légions de Marcellus ses
vieilles bandes africaines, quel spectacle! Mars
en personne. Tout pliait devant lui. Vivrais-je
mille ans, je n'oublierai jamais cette journée.

— C'est dans cette occasion, ami, que le Suffète t'a fait don de ce glaive à poignée d'or, que
je vois à ton flanc? Quelque magnifique exploit, je
devine ?

— Moins que tu ne crois. J'avais été assez heureux pour enlever un courrier de Marcellus, là-
dessus Annibal a échafaudé sa manœuvre, mais
laissons cela. Les bavards de Rome racontent que
Marcellus s'est fait tuer stupidement dans une

embuscade tendue par nous, c'est faux! Marcellus
est mort en brave, en ramenant au combat son
infanterie et le Suffète lui a fait de splendides
funérailles.

Oui, notre héros reste invincible, il ne lui man-
que que des soldats. Nos bataillons sont des
ombres, nos escadrons des fantômes, des alliés,
nous n'en avons plus, notre misère est telle que
notre splendide victoire a été sans lendemain,
on n'exploite pas un succès avec un semblant
d'armée! Heureusement tu nous apportes de
bonnes nouvelles. Hasdrubal, dis-tu, franchit
les Alpes à la tête d'une armée de plus de
soixante-dix mille hommes, il arrive au secours de
son frère. A la vue de ce renfort nos anciens amis
vont nous revenir en foule. C'est deux cent mille
hommes que nous aurons. Les jours de Rome
sont comptés, elle succombera sous l'étreinte des
deux lions, fils d'Hamilcar...

Photidès se trompait. Rome dans ce péril
extrême resta digne de son destin. Elle se raidit
dans un effort désespéré. Riches et pauvres donnè-
rent jusqu'à leur dernier as, tous les hommes va-
lides prirent les armes. Chacun comprit que plus
encore qu'au lendemain de Cannes, l'instant était
venu de vaincre ou de périr. Quintus Fabius, âgé de
plus de quatre-vingt-dix ans, vint lui-même sur le
Forum présider aux enrôlements. Ne pouvant plus

combattre, criblé de rhumatismes, souffrant de ses anciennes blessures, incapable de se tenir à cheval, marchant avec peine, l'indomptable vieillard, animé par sa grande âme, fit des prodiges. Tous les jours il haranguait les jeunes gens, faisait honte aux hésitants, les obligait à s'engager. D'autres fois il se faisait porter par ses esclaves, de porte en porte, pour recueillir les dons patriotiques, ou bien poussant jusqu'au Champ de Mars, il y présidait aux exercices militaires, prodiguant les conseils de sa vieille expérience, fortifiant les cœurs par son imperturbable optimisme. A son appel une foule de volontaires courut aux armes. On leva vingt-cinq légions de citoyens et de nombreux contingents alliés, en tout près de trois cent mille hommes. Enfin les dieux se décidèrent en faveur de Rome.....

Hasdrubal avait fait route, par des voies préparées d'avance à travers le midi de la Gaule, simple promenade militaire sans péril ni fatigue, il avait franchi les Alpes au mont Genèvre, grâce à l'alliance des tribus, et était descendu sur Turin. Il menait avec lui quarante mille fantassins, puniques, africains, espagnols, quinze mille Ligures, dix mille cavaliers et quinze éléphants. Après avoir laissé reposer son armée, il manœuvra dans la direction de Plaisance. Les Romains furent tenus au courant de ses mouvements. Deux armées furent immédiatement mises en campagne : l'une sous

Néron fut chargée d'arrêter Annibal, car, sur la nouvelle que son frère avait franchi les Alpes, le Suffète se mettait en mouvement pour aller à sa rencontre; l'autre sous Marcus Vinius dut contenir Hasdrubal.

. Annibal, voulant éviter prématurément une bataille décisive, se contenta d'engager un combat d'avant-garde. Néron était habile, mais troublé et paralysé, comme l'était tout général romain en présence du Suffète; ce simple engagement suffit à arrêter et à fixer son immense armée. Annibal, se dérobant par une de ces marches de flanc dont il avait le secret, gagna l'Apulie, où il se retrancha, attendant pour orienter sa marche les courriers de son frère, dont il ignorait la position exacte...

La nuit allait venir. Il bruinait légèrement. Publius Corlian arrêta sa cavalerie légionnaire derrière de hautes haies de feuillage qui masquaient la source, la source vive, dont les eaux murmurantes allaient se perdre dans une grande mare. Le tribun interrogea un de ses lieutenants.

— Tu ne t'es pas trompé! Tu es bien sûr qu'ils viendront ici?

— Non, aucune erreur n'était possible, une vingtaine de cavaliers remarquablement montés, des Numides, et qui ont l'air de connaître le pays, car, au lieu de suivre le chemin près de Fulvie, ils ont coupé par le plus court. Je les voyais de la hauteur, j'avais le temps de te prévenir. Ils viendront fatalement ici, car s'ils connaissaient la contrée, comme leur marche le fait présager, ils savent bien qu'ils ne trouveront un abreuvoir qu'à cette mare.

— Ils venaient de la voie Flaminia?

— Oui.

— Pas de doute, c'est un détachement de l'armée d'Hasdrubal à la recherche du Suffète.

Et Publius Corlian disposa son embuscade. Des couvertures furent jetées sur la tête des chevaux pour les empêcher de hennir, dans une immobilité complète les trois cents cavaliers du tribun attendirent cachés dans le bois.

Pas un bruit. Seul le chant monotone de la pluie tombant sur les feuilles.

Soudain un murmure léger s'éleva : des voix étouffées et le choc sonore des cailloux roulant sur les pieds des chevaux. Deux cavaliers débouchèrent, deux Numides montés sur de petits chevaux africains; ils lançaient autour d'eux des regards circonspects. Tout leur parut tranquille, dans la mare leurs chevaux commencèrent à boire largement. Alors dans les dernières lueurs du crépuscule, que la pluie assombrissait encore, un des cavaliers se haussa sur sa selle et lança à trois reprises un cri guttural. A cet appel un autre cri répondit, par petits pelotons dix-huit cavaliers débouchèrent. Au milieu d'eux, un officier carthagi-

nois, au grand manteau vert, à la cuirasse lamée
d'or et d'argent. L'officier punique commanda
à ses hommes de mettre pied à terre.

Ils obéirent. Un coup de sifflet aigu s'éleva.
Trouant le feuillage, les hommes de Publius Corlian se précipitèrent glaive au point sur les Numides. Le tribun avait commandé d'épargner les
prisonniers; il voulait les faire parler. Mais la
haine des Romains pour les Orientaux était telle
qu'ils les égorgèrent, malgré les efforts de leurs
officiers.

Le tribun commanda d'apporter des torches,
on obéit. Les flambeaux furent abrités sous les
boucliers, à leur lueur jaunâtre on identifia les
morts.

Un des lieutenants de Publius Corlian, originaire de Sicile, et connaissant parfaitement les
Puniques et leur langue, montra du doigt l'officier phénicien :

— C'est un capitaine de la légion sacrée.

— Pourquoi l'a-t-on tué, répondit Publius
Corlian, il aurait eu des choses intéressantes à
nous dire.

Et, s'adressant à un vieux centurion, il ajouta,
en désignant les hommes qui avaient désobéi à son
ordre :

— Cinquante coups de verges.

Tandis que les délinquants poussaient des cris
de putois sous les verges du centurion, Publius

Corlian avisa au flanc de l'officier punique un magnifique sachet en cuir tanné, avec des incrustations symboliques d'or et d'argent. Il l'ouvrit, en retira une tablette d'ivoire couverte de caractères puniques, et soudain aperçut, avec stupéfaction et émotion, au milieu de la tablette, le cachet des Barca. Il appela celui de ses lieutenants qui savait le punique.

— Traduis.

Le lieutenant parcourut les premières lignes, et ne put retenir un cri étouffé.

— Par Jupiter, qu'est ceci?

Il lut encore, et, relevant la tête, apprit à Publius Corlian, stupéfait, que cette tablette était une lettre d'Hasdrubal à son frère Annibal, lui annonçant que, sauf ordre contraire de sa part, il allait suivre la voie Flaminia, et demandait au Suffète de faire sa jonction avec lui dans les environs de Narvia.

Publius Corlian fit sonner le boute-selle, et, sans perdre un instant, partit à toute bride porter cette grave nouvelle à l'État-Major...

L'État-Major comprit que Jupiter lui-même envoyait à la ville sainte le gage de la victoire.

Laissant le Suffète attendre en Apulie les courriers de son frère, et renseignés eux-mêmes sur sa position exacte, les Romains concentrèrent secrètement leurs forces. Néron détacha de son armée un gros corps d'infanterie, et, malgré les criailleries des pédants du vieux parti militaire, courut rejoindre son collègue. Les consuls, exploitant habilement leur position stratégique entre les deux armées ennemies, manœuvrèrent sur les lignes intérieures, et se portèrent à marche forcée sur Hasdrubal. Ils surprirent le général punique au passage du Métaur, grâce au peu de vigilance de ses grand'gardes, composées de soldats cisalpins, ivres du matin au soir depuis qu'on était en pays de vignobles. En entendant les doubles sonneries romaines annonçant le présence des deux consuls, Hasdrubal crut que son frère avait été vaincu et tué. Il perdit la tête, son armée fut écrasée sous le nombre et lui-même tué à la tête d'un bataillon de la légion sacrée. Quelques jours après, les éclaireurs romains jetèrent sa tête, encore sanglante, dans les avant-postes d'Annibal.

— Je reconnais là la fortune de Carthage, dit avec amertume le Suffète, en contemplant ce sinistre trophée.

Mais aucun revers n'abattait son courage. Cet homme extraordinaire ne savait pas désespérer. Mettant une ténacité indomptable et grandiose au service d'une intelligence et d'une imagination quasi divines, par un coup de génie, il espérait encore s'élever du fond de l'abîme jusqu'aux ultimes sommets.

Par un prodige d'habileté manœuvrière, il

échappa aux armées romaines et se mit promptement en retraite sur le Brutium. Et maudissant sa patrie, ses dieux, la fortune et les hommes, ne comptant plus que sur son génie, il y tint une défensive sévère, ne sortant de cet âpre territoire que pour accomplir en Campanie de rapides et foudroyantes offensives. Alors, à la tête d'une poignée d'hommes, il refoulait, battait, décimait les légions, et, retournant dans ses camps chargé de butin, était acclamé par ses vétérans comme au soir de Cannes.

Puis il barra, par des tours défensives, tous les chemins entre les deux mers, enferma dans ces châteaux ses soldats les plus médiocres, couvrit ce pays montueux et très accidenté de routes étroites, serpentant à travers le maquis.

Appuyé sur ces petites forteresses, courant de l'une à l'autre avec ses troupes d'élite, grâce aux chemins qu'il avait tracés, il parvint à interdire aux Romains l'accès de Brutium. Cependant ses émissaires couraient l'Asie pour y lever des troupes et y mener des intrigues contre les Romains, dépensant sans compter ces richesses que le Suffète avait si avarement amassées. Ainsi n'espérant plus en Carthage, le grand capitaine attendait, de lune en lune, les flottes et les soldats asiatiques, et, campé à quelques marches de Rome, il tenait son terrible glaive constamment levé sur le front de l'altière cité. Parfois, il allait à cheval jusqu'à un promontoire, et, les yeux fixés sur la mer, cherchant de l'âme les rivages lointains de l'Asie, il demeurait immobile, mêlant à l'immensité des flots l'immensité de ses pensées...

Rome ne demeurait pas inactive. Tandis que Carthage, occupée uniquement à augmenter ses richesses, oubliait Annibal, et excitait par son odieuse fiscalité ses sujets d'Afrique à la révolte, les armées romaines, en dépit de quelques séditions vite étouffées, achevaient de vaincre par les armes et par la diplomatie, sur tous les théâtres où le Suffète ne commandait pas. Par son habileté le Sénat paralysait les armements d'Annibal en Asie.

Rome respirait. Elle était victorieuse partout, sur terre comme sur mer. L'agriculture renaissait; on reprenait une vie presque normale. Certes, nul général n'osait aller attaquer le Suffète dans son repaire du Brutium, et terminer la guerre en l'écrasant, mais, à mesure que les saisons succédaient aux saisons, on le sentait de plus en plus incapable de passer à une offensive générale, et, après les terribles angoisses de cette interminable guerre, ceci suffisait.

Dans le même temps des espions rapportèrent, qu'après avoir fait graver en langue grecque et punique, sur des tables d'airain, le sommaire de ses campagnes, de ses combats et de ses innombrables victoires en Italie, Annibal avait fait fixer ces tables à un des autels du magnifique temple de Junon, élevé au cap Lacinium, et dont chacun connaît la pieuse célébrité. On en conclut que le Suffète songeait à quitter l'Italie.

Il en résulta une grande joie. A la même époque, la santé du vieux Quintus Fabius donnant des inquiétudes, Rome entière, son Sénat auguste, ses confréries, ses corps constitués, le peuple, les femmes et les enfants, jusqu'aux esclaves, se rendirent devant la maison du vénérable vieillard. En un instant, elle fut parée de guirlandes, tandis qu'au milieu des acclamations, Quintus Fabius recevait des mains des consuls la couronne de gazon. La victoire avançait à grands pas.

Maintenant le découragement abattait l'armée carthaginoise. Seule, sa haine pour les Romains demeurait intacte. Annibal aimait à rappeler qu'à la bataille du lac Trasimène (comme elle était lointaine, cette victoire!) l'acharnement était si grand, qu'un tremblement de terre ayant fait sentir ses secousses, tout à sa fureur, nul guerrier ne s'en était aperçu. Un autre jour, il déclara qu'entre Carthaginois et Romains il ne pouvait y avoir nulle entente, nulle trêve; lorsqu'on enterrait les cadavres ennemis sur le champ de bataille, il fallait avoir grand soin de les séparer, de peur que leurs ossements ne se combattissent. Oui, mais la haine ne lui donnait nul bataillon!

Les Puniques eurent une lueur d'espoir lorsque

Magon débarqua en Ligurie, pour provoquer une levée en masse des Celtes, mais il avait trop peu de monde, et Annibal ne pouvait rien pour aider son frère.

Les lunes succédaient aux lunes; un soir, pendant le repas, le grand homme, dans un moment d'abandon, dit à ses officiers :

— Les sénateurs et les marchands de Carthage n'ont pas voulu me secourir et me fournir les moyens de vaincre Rome, lorsque la chose était possible, maintenant il est bien tard. Encore un peu de temps et nous aurons à combattre, non plus pour l'empire du monde, mais pour défendre nos foyers.

Tous baissèrent la tête et le souper s'acheva tristement.

CHAPITRE XI

SOUS LE SOLEIL D'AFRIQUE

Publius Corlian mit son cheval au pas, ôta son casque, épongea son front ruisselant de sueur. Parvenu au sommet de la côte raide, il s'arrêta un instant pour savourer l'admirable spectacle qui s'offrait à ses yeux. Jusqu'à la ligne précise de l'horizon, l'immense mer luisait comme une nappe d'argent, où se jouaient des reflets d'émeraude. Au loin, croisaient les navires de guerre de l'escadre romaine. Plus près, contre le rivage, se montraient à l'ancre les innombrables navires d'une flotte de transport. A terre, un camp retranché maritime dessinait ses lignes redoutables.

Il y avait là plus de soixante mille hommes campés en demi-cercle. Cinquante mille légionnaires dont, à côté d'éléments douteux, beaucoup étaient des volontaires, appartenant à l'élite, à la fleur de l'armée romaine. Quatre mille cavaliers, et prêts à les appuyer; six mille Numides alliés, aux ordres de Massinissa. Plus loin, dans la plaine, pointaient les tentes des alliés. Depuis que Rome s'était décidée à un débarquement en Afrique, ils accouraient. Publius Corlian, à sa main gauche, voyait Utique, puis c'était la plaine de la Medjerda, enfin, au loin, on devinait Carthage, blanche et rouge sous les feux du soleil. Carthage que Scipion venait prendre à la gorge pour en finir. Publius Corlian s'arrêta tout songeur. Avec peine le jeune général avait obtenu du Sénat l'autorisation de tenter ce coup d'audace. Sans armée ou presque, Annibal, qui depuis quatre ans ne sortait plus du Brutium que pour donner de furieux coups de boutoir qui le ramenaient souvent en Campanie, semblait encore redoutable. Quintus Fabius avait jeté feux et flammes contre cette expédition. Envoyer une armée en Afrique alors qu'on n'arrivait pas à chasser Annibal d'Italie, quelle folie ! C'était violer toutes les règles de la stratégie. Le vieux patriote, que les infirmités rendaient hargneux, s'était écrié dans un moment de colère aveugle :

— Non content de fuir Annibal dont il a peur, Scipion veut emporter au delà des mers toutes nos espérances militaires !

On avait réussi à le calmer, mais la haute aristocratie était hésitante, combattue entre la crainte d'un désastre et le désir d'en finir avec cette guerre interminable.

Certes, depuis la bataille de Métaur, Rome ne

risquait plus de mourir de faim, mais les finances n'en étaient pas moins dans un état lamentable. La commission des tres viri mensarrii, nommée après Cannes, ne parvenait pas, malgré toute son habileté, à équilibrer le budget. En vain, depuis le début de la guerre avait-on altéré les monnaies d'argent et de cuivre, augmenté le cours des pièces d'argent et frappé une monnaie d'or dont la valeur dépassait de beaucoup celle du métal. N'importe; la crise monétaire allait s'aggravant. Même victorieuse Rome courait droit à la banque-route. Était-ce bien le moment de risquer une coûteuse expédition? Les frais en seraient soldés, il est vrai, par une contribution volontaire des cités étrusques — on nommait ainsi un impôt, très lourd, imposé aux Arétins et aux autres popu-lations soupçonnées de favoriser Annibal. — Il était aussi question d'un don gracieux que les villes de Sicile allaient offrir à Rome dans les mêmes conditions. Tout cela ne justifiait pas cependant, au dire de certains, l'expédition. Sci-pion, malgré ses grands succès d'Espagne et de Sicile, semblait bien jeune. Son aimable héroïsme, sa politesse grecque, sa culture raffinée, son cou-rant d'idées, étaient peu agréables aux austères et un peu sauvages pères de la cité. Mais son obsti-nation, son enthousiasme, renversaient tous les obstacles et, lorsqu'il avait levé son armée, aban-donnant son domaine, ses enfants et sa femme, sa seule famille depuis que ses deux jeunes frères avaient trouvé la mort aux côtés de Marcellus, Publius Corlian avait couru se ranger sous ses ordres. Le jeune chef du corps expéditionnaire avait attaché à sa personne cet officier, âgé maintenant de quarante-trois ans, et ayant acquis une haute expérience de la guerre, pendant ses seize années de perpétuels combats.

Tout d'abord le débarquement s'était effectué sans obstacle. Évadé de Cirta, Massinissa, exaspéré par les mauvais traitements des Puniques, était venu, en fugitif, mettre au service de Rome sa personne et son influence. Les cavaliers numides accoururent à sa voix. Ces terribles adversaires servaient aujourd'hui dans le camp romain. En vain Hannon, ayant pris cent quarante éléphants à la chasse, et armé quelques vagues milices, levées dans les faubourgs de Carthage, avait tenté de tenir la campagne. Rien n'avait résisté aux armées romaines. Les établissements de Carthage dépourvus de murailles, pour qu'une révolte y fût impossible, n'étaient que de splendides domaines, de riches comptoirs, de plantureux villages agricoles chargés de nourrir la ville et d'approvisionner les docks. Nul parmi eux n'avait tenté la moindre résistance. Campée sur la plage africaine, Carthage était moins une nation qu'une colossale firme commerciale. Attaquée chez elle, sa résistance était nulle. Sans tarder Scipion avait mis le siège devant Utique. Puis, était arrivé brusquement, à la tête de ses contingents, le puissant allié de Carthage, le roi Syphax, que les yeux enjôleurs de la belle Sophonisbe, fille du général carthaginois Hasdrubal Giscon, avaient détaché de l'alliance romaine. Scipion s'était prudemment retiré dans un camp fortifié près de la mer.

L'hiver passé, un coup de fortune et une trahison avaient permis aux Romains de surprendre le camp punique. Syphax était tombé entre leurs mains.

Alors le parti de la paix ayant demandé à négocier, Scipion dicta ses conditions.

Publius Corlian les repassait dans son esprit. L'abandon par Carthage de ses possessions espagnoles et des îles de la Méditerranée, la cession du royaume de Syphax et de celui de Massinissa, la livraison de tous les vaisseaux de guerre à l'exception de vingt, et une contribution de guerre de quatre mille talents. Publius Corlian, en lui-même, trouvait ces conditions douces et Scipion modéré. D'autre part, il se demandait pourquoi le général le mandait en si grande hâte, puisque l'armistice était conclu et la délégation carthaginoise en route pour Rome.

Soudain son cheval fit un brusque écart. Une grosse chouette s'envola d'un buisson. Publius Corlian frissonna. C'était un triste présage! Il haussa les épaules. Sa vie! Toujours il l'avait offerte. Et voici qu'était venue la paix, sans que la sombre déesse eût accepté son présent. Il souriait maintenant au perpétuel rajeunissement de l'éternelle nature, de l'immortelle humanité, il comprenait le divin renouveau promis à qui espère, souffre et travaille, par la sagesse attentive des augustes Olympiens.

Ayant soufflé il poussa son cheval en avant, entra dans le camp et se présenta au prétoïre. Scipion le reçut debout, tout armé, le glaive sur la cuisse. Il était fort agité, autour de lui la consternation se peignait sur les visages.

— Préparons-nous à combattre, dit-il, les Carthaginois rompent les pourparlers. Suivant leur perfide coutume ils ne nous ont pas prévenus. Mais ceci n'est rien auprès de la terrible nouvelle que je viens d'apprendre. Annibal a été rappelé, ou peut-être notre expédition lui a-t-elle fourni le prétexte qu'il cherchait pour abandonner l'Italie? Mettant ses chevaux à mort, égorgeant, dit-on, les mercenaires italiques qui refusaient de le suivre, il s'est embarqué à Crotone avec une armée de quinze mille hommes. Toujours favorisé par sa chance insolente (je n'ose dire par les dieux), il a traversé nos croisières sans incident et vient de débarquer près de Leptis. Son jeune frère Magon allait l'imiter—tu sais que depuis plusieurs années il travaillait à susciter contre nous une coalition dans l'Italie du Nord—mais il est mort pendant la traversée, d'une blessure reçue contre les nôtres dans la vallée du Pô. Ainsi deux des fils d'Hamilcar ne sont plus. N'importe, Annibal vit toujours, et, bien qu'il n'ait pour ainsi dire plus d'armée, c'est assez pour nous alarmer. Tu connais ce vieux dicton des chasseurs : « Dans son agonie le lion est terrible»? Que les dieux nous protègent. Dans quelques jours nous serons face à face avec Annibal. Un mot encore; sais-tu qu'à la nouvelle de l'embarquement du Suffète, le vieux Fabius a eu un saisissement et finalement est mort de joie? Assez bavardé. Courons au plus pressé, tâchons de faire notre jonction avec Massinissa et ses Numides. Je t'attendais pour travailler au plan de concentration.

Un deuil pesant accablait les Carthaginois. Mais ce jour-là, une joie intérieure raffermissait les cœurs et illuminait les visages des citoyens accourus à Leptis. Massés dans les rues et sur les places du petit port, debout depuis l'aube, ils attendaient Annibal Barca. Après une absence de trente-six ans, le héros foulerait le sol de sa Patrie. Presque enfant il l'avait abandonnée pour marcher dans une voie sanglante et héroïque de l'ouest à l'est; pour y retourner ensuite de l'est à l'ouest, après avoir décrit un cercle de victoires et d'exploits prodigieux autour de la mer carthaginoise. La mer carthagi-

noise? La mer latine maintenant? L'attente énervait les âmes.

Que de misères avait subies Carthage! Il ne
s'agissait plus de spéculations heureuses, d'un
coup audacieux sur les blés ou les laines. Scipion
était aux portes de la ville. Quinze cent mille habitants, terrorisés, n'avaient ni le courage du désespoir, ni le moyen de le mettre en œuvre. Plus
d'armée, plus d'équipement militaire, plus d'organisation, plus rien. Seulement un nom et une
espérance : Annibal! Docile aux ordres de la Gérousia, le général accourait du fond du Brutium
pour sauver la ville. Ensuite une rumeur sinistre :
Annibal avait été surpris par les croiseurs romains,
il s'était noyé, il était prisonnier, il était mort en
combattant. D'autres affirmaient l'avoir vu,
celui-ci le disait malade, le troisième chuchotait
que les Romains l'avaient fait empoisonner.

Maintenant il était là, tout le peuple allait voir
cet homme, dont la seule présence valait mieux
que des armées.

Et la foule grossissait toujours. Les gardes du
Sénat, imposants et importants, dans leurs armures resplendissantes, suffisaient à peine à la
contenir. Soudain une rumeur roula, s'enfla, tous
les cous se tendirent, un cri immense vibra : « Le
voilà. » Le Suffète parut. Il était à pied, entouré
d'un groupe de sénateurs, suivi par ses fidèles
officiers d'Italie. Épuisé par vingt ans de cam-

pagnes et par les fièvres paludéennes, on l'aurait
pris pour un vieillard. Il marchait à petits pas, la
tête basse, les mains derrière le dos, écoutant les
sénateurs disant la détresse de Carthage. On regorgeait d'or, mais le parti de la paix, les plouto-
crates et les démagogues, achevant de trahir la
patrie, avaient négligé toute préparation militaire. On n'avait pas d'officiers, pas de soldats,
pas d'armes, pas d'équipements. Annibal écoutait, les dents serrées, sans une plainte, sans un
reproche. Parfois, lorsque les acclamations devenaient plus vives, lorsqu'un groupe de citoyens lui
jetait au passage le nom de ses innombrables
victoires, lorsque les femmes, lui montrant leurs
enfants, le suppliaient de sauver Carthage, il rele-
vait la tête dans un mouvement de fierté et montrait sous un front magnifique ses yeux étince-
lants. Puis, sa tête retombait sur sa poitrine, et
le héros songeait que voici quelques instants,
comme il débarquait sur la plage, ses yeux se
posant pour la première fois sur cette terre punique, abandonnée voici trente-six ans, y avaient
rencontré le sinistre présage d'un tombeau ruiné.

Dans cette immense détresse le Suffète ne perdit
pas courage. Loin d'attendre Scipion derrière des
murailles et de perdre son temps à organiser ce
qui n'était pas organisable, pressé d'ailleurs d'en
finir, car il fallait combattre et vaincre, sans perdre

un moment, d'innombrables légions s'organisant à Rome sous les consuls, pour venir à la fois renforcer Scipion et lui ravir les fruits de sa victoire, il estima que la grosse affaire était de battre incontinent le jeune général. A la nouvelle de son désastre, les légions d'Italie n'oseraient s'embarquer, le Suffète aurait du temps devant lui. S'il pouvait, comme il l'espérait, imposer sa volonté au grand Conseil, il se flattait de lever promptement une armée, de réorganiser la flotte, qui comptait encore une multitude de navires, et, s'embarquant pour l'Italie, de fixer définitivement la victoire sous les étendards carthaginois. Pour cela, il fallait vaincre, et vaincre sur-le-champ. Il se mit donc en campagne avec sa promptitude ordinaire. Attaqua partout à la fois les détachements de Scipion, les battit, puis, saisissant au vol une faute du général romain, le coupa de sa base par une admirable manœuvre et marcha au-devant de lui.

Scipion leva son camp qui était alors près de Tunis et traversa la riche vallée de la Medjerda, n'accordant plus de capitulations, saisissant et vendant en masse les populations, tandis qu'il se repliait en toute hâte dans la direction de ses alliés numides. Annibal le poursuivit, mais ne put empêcher la jonction. Tout en combattant, le Suffète tenta de négocier avec les Numides. Son ascendant ne put vaincre l'exaspération que les mauvais traitements du Sénat avaient fait naître chez ces farouches cavaliers.

A la tête des deux mille chevaux qui lui restaient, Annibal se porta de nuit sur le flanc des légions en retraite et, guidant lui-même ses soldats, malgré ses accès de fièvre, se jeta au petit jour sur l'infanterie romaine, au moment où elle se mettait en marche.

Au levant, les vives clartés de l'aube envahirent le ciel. Le soleil ne perçait pas encore, mais, semblables à des torches au-devant du char d'une noble patricienne, les nuages légers annonçaient une splendide aurore. Débouchant avec ses cavaliers de petits bois taillis, Annibal prononça son attaque, et le lever du jour, idyllique, devint une matinée de sang.

La troisième légion, surprise par l'impétueuse attaque de ces cavaliers, élite des vieilles bandes italiennes, que la présence du Suffète exaltait jusqu'au délire, subit de cruelles pertes. Quatre centuries furent sabrées, cinq autres se débandèrent et s'enfuirent dans les bois. Les légions se formèrent en carré. Les officiers numides, retenus par une crainte superstitieuse, et profondément troublés à l'aspect du grand capitaine au premier rang de ses escadrons, tête nue, afin que chacun pût reconnaître son visage, laissèrent leurs cavaliers pied à terre et le glaive au fourreau. Scipion, paralysé par cette foudroyante chevauchée, sortit enfin de sa torpeur. Montrant à son armée le minuscule corps de cavalerie carthaginoise, il lui fit honte de sa lâcheté. Les légions se mirent en marche et la retraite fut reprise, non sans qu'Annibal eût pillé une partie des convois, et taillé en pièces le manipule d'escorte. Il arrêta ses cavaliers, et observa l'armée de Scipion. Il avait espéré, par cette action, décider les Numides en sa faveur, mais leur attitude disait, et les prisonniers confirmaient que, si par un reste de pudeur les officiers et les vétérans n'avaient osé tirer le glaive contre l'homme qui si souvent les avait menés à la victoire, ils n'en étaient pas moins de cœur avec les Romains. D'ailleurs, parmi eux, ceux qui avaient servi sous le Suffète étaient une minorité. Annibal, le sourcil froncé, réfléchissait profondément.

Le vieux Photidès, à cheval à côté du Suffète, lui dit alors :

— Ton seul aspect, Seigneur, épouvante une armée.

Annibal sourit :

— Oui, mais je tente en ce moment l'impossible. Le destin finira par se lasser de mon audace. Tu connais mes forces, Photidès, seize mille vétérans.

— De fameux soldats.

— Je le sais, des hommes comme toi, Photidès. Des invincibles, mais après? Deux mille cavaliers à peine. Quatre-vingts éléphants mal dressés, dont les cornacs ne savent pas leur métier, aussi dangereux pour nous que pour les Romains. Douze mille mercenaires africains, anciens esclaves, rebut de toutes les villes, gens qui n'ont de soldat que le nom. Enfin douze mille hommes de la milice civique, de braves Phéniciens qui ont quitté hier leurs comptoirs, sans officiers, sans cadres, sans instruction, qu'une étape épuise, qui ne savent pas se servir d'un glaive. Regarde-les, ils ignorent même comment on porte un bouclier.

Et de la main il montrait les têtes de colonnes de son infanterie.

— Tu es là, Seigneur.

— Eh oui, je suis là, mais à Carthage on dirait qu'ils me prennent pour un dieu. Je ne puis cependant doubler le nombre de mes soldats par une invocation à Tanit, ni changer en dix jours un parfumeur en un hoplite... Sais-tu quelles sont les forces de Scipion?

— Non, Seigneur.

— Cinquante mille légionnaires, quinze mille fantassins alliés, quatre mille chevaliers romains et dix mille Numides. Que veut-on que je fasse dans ces conditions... mourir, oui, mourir... mais cela ne sauvera pas Carthage...

Un officier crétois s'approcha du Suffète et lui remit une dépêche. Après l'avoir lue :

— Écoute, Photidès, je me suis ménagé une

entrevue avec Scipion; demain au point du jour tu m'accompagneras.

L'aube naissait lorsque les saluts d'usage échangés, chacun chevauchant à la tête d'un escadron, les deux généraux en chef se rencontrèrent.

Avec une émotion profonde le jeune Scipion contempla le fléau de Rome. Tout en admirant sa noblesse d'âme, le général romain comprit combien pressante devait être la détresse des Puniques et de leurs derniers alliés, pour que le grand Annibal vînt, lui-même, demander d'adoucir les conditions de paix précédemment négociées. Il le salua le premier, et, par déférence, s'étant exprimé en grec, la conversation continua dans cette langue.

Aux habiles insinuations du Suffète, le général romain répondit que la paix accordée à Carthage était douce, il était allé lui-même jusqu'à l'extrême limite des concessions. A ce point qu'il serait sûrement blâmé par le Sénat, il ignorait si le traité précédent serait encore accepté par les pères conscrits.

— Je n'ignore pas ta situation, dit-il, Carthage regorge de richesses, mais elle n'a plus d'armée. Il te reste une poignée d'hommes.

Annibal ne put réprimer un mouvement de colère.

— Tu oublies, jeune homme, que les guerriers dont tu parles sont commandés par Annibal.

Scipion répondit, avec son élégante politesse :

— Je ne l'ignore pas, Suffète, mais pour aussi vaste que soit ton génie, pour aussi haut qu'il ait plu aux dieux de te placer parmi les hommes, il est des choses que la faiblesse des mortels ne peut modifier. Lutter contre Rome c'est lutter contre les dieux. Prétends-tu donc t'élever au-dessus des Olympiens?

Annibal étendit la main :

— Eh bien, soit, les armes décideront entre nous. Que tes Olympiens te protègent! Dans la prochaine bataille tu connaîtras de quoi est capable Annibal.

Les deux généraux se saluèrent, firent volter leurs chevaux, et rejoignirent leur escorte.

Au cours d'une des nuits suivantes, Annibal eut un songe. Il vit Carthage prise d'assaut, la glorieuse Byrsa croulant en flammes sur la ville en ruines. Il se vit lui-même à la cour d'un roi d'Asie, cherchant encore à nouer des intrigues contre Rome. Comme il allait tomber vivant entre les mains de ses implacables adversaires, une suprême délivrance s'offrit à lui... le poison...

Le Suffète, trempé de sueur, grelottant de fièvre, s'éveilla en sursaut et sauta de sa couche. Le jour commençait à poindre, il appela ses esclaves et demanda ses chevaux.

CHAPITRE XII

LA GLOIRE DE PUBLIUS CORLIAN

L'aube se levait, le ciel pâle bleuissait. L'armée carthaginoise s'ébranla. Annibal, tandis qu'on bouclait sa cuirasse, la regardait défiler. Photidès s'approcha :

— Je te présente une viéille connaissance, Seigneur.

Le Suffète tourna la tête; dans une magnifique armure Cot était devant lui.

— Toi ici?

— Oui, Seigneur, j'étais à Béziers. J'ai su que la fortune t'avait été contraire. Alors nous nous sommes réunis quelques-uns qui avions combattu sous toi, nous avons mis à la voile et nous voilà.

Et il montra une petite troupe de cavaliers gaulois.

Annibal très ému fit un pas en avant :

— Merci, mon vieux camarade, tu commanderas une partie de ma cavalerie, je n'en ai plus beaucoup, les Numides nous ont trahis et c'est d'eux maintenant qu'il faut se garer... mais, comment désespérer de la victoire avec des soldats comme toi?

Le soleil se levait, Cot le montra de la main.

— Regarde, Suffète, il brillait pareillement au matin de Cannes.

Annibal sourit tristement et se mit en selle.

Entre Ticca et Zama, l'armée romaine s'avançait. Elle brûlait de combattre, de combattre sans tarder. Elle savait Annibal sur le point de recevoir les secours promis par Vermina. Scipion l'avait rangée sur trois lignes suivant la disposition habituelle : hastati, principes, triarii. Mais, au lieu de placer les manipules en quinconces, il les avait disposés les uns derrière les autres, de manière à laisser entre eux des allées où s'engageraient les éléphants. La cavalerie était aux ailes, à droite les Numides, à gauche les Italiens.

Annibal étudia le dispositif romain et, pressé, lui aussi, d'en finir, car la désertion s'était abattue sur son armée, en dépit des terribles châtiments dont il avait frappé les traîtres, il manda ses officiers et d'une voix calme :

— Que les chefs de la cavalerie m'écoutent : avec leurs deux mille chevaux ils vont charger et accrocher la cavalerie ennemie, puis fuir et, sans la lâcher, l'entraîner au loin ; s'ils lui permettent de revenir sur le champ de bataille, je suis perdu. Les éléphants se précipiteront sur les légions au signal que je donnerai (et d'une voix basse parlant pour ses fidèles seulement) ; je n'ai dans cette diversion aucune confiance, mais c'est une chance à courir.

Il reprit d'un accent plus mordant :

— L'infanterie s'engagera par vagues successives, et toujours sur un ordre venu de moi. Les mercenaires et les miliciens vont se ranger sur deux lignes, sur un front égal aux Romains. Ils engageront le combat et reculeront sans cesse, ils ne sont pas de force, ni en nombre, contre les légionnaires, mais, en rompant, ils dérangeront leur ordonnance. Qu'ils retiennent surtout ceci : ils doivent accrocher solidement l'infanterie romaine, ne pas lui permettre de se dégager, et, tout en reculant pas à pas, l'amener désunie vers ma troisième ligne. A ce moment mes vétérans d'Italie, tenus en réserve, jusque-là, très en arrière, surgiront, conduits par moi-même, et tomberont sur la ligne de Scipion, en désordre, pour l'envelopper et l'anéantir.

Ce plan d'une habileté prodigieuse fut admiré par tous, et nul ne douta de la victoire...

La bataille battait son plein. La cavalerie de Scipion, donnant dans le piège du Suffète, était déjà loin en arrière des lignes poursuivant ses hardis adversaires. Les éléphants venaient de charger. Mal dressés, mal conduits, ils avaient traversé les manipules, par les intervalles adroitement ménagés par Scipion; criblés de traits par les vélites, ils s'étaient évadés par les vides de l'armée romaine, sans lui faire de mal. Maintenant les deux infanteries étaient aux prises...

Les mercenaires accrochèrent vigoureusement les hastati et les principes. Conformément aux ordres du Suffète ils reculèrent, en attirant l'infanterie de Scipion. Tout en combattant, ils s'aperçurent que les miliciens de Carthage les soutenaient mollement. Officiers de la milice et officiers de mercenaires en vinrent aux insultes, puis aux coups, en s'accusant mutuellement de trahison. Il en survint un grand désordre, si bien que, mercenaires et miliciens, peu aguerris d'ailleurs et en défiance mutuelle, au lieu de rompre lentement, comme le voulait Annibal, commencèrent à fuir. Les légionnaires les poursuivirent. Excités par les cris, par le tumulte, par leur victoire, les soldats de Scipion, doublant le pas pour en finir, désunirent leur ordonnance.

Bien qu'exaspéré, sous son impassibilité apparente, par la pitoyable conduite des éléphants et de ses deux premières lignes d'infanterie, Annibal, tenant ses vétérans bien rassemblés en deux corps de bataille, attendait le moment de lancer ces terribles bataillons sur les ailes romaines désunies...

L'instant propice approchait, malgré un gros

accroc, la manœuvre avait réussi, dans son ensemble, l'infanterie de Scipion accourait, tête baissée, vers le gouffre ouvert sous ses pas. Le généralissime, sûr maintenant de la victoire, s'apprêtait à foncer avec ses vétérans sur les deux ailes romaines pour les envelopper et les anéantir. Il levait son épée lorsque les appels des trompettes romaines déchirèrent l'air. Les légions, au lieu de continuer leur poursuite, firent demi-tour, et se rassemblèrent à huit cents pas en arrière, en ordre de bataille.

Scipion avait aperçu, à travers la poussière, quel énorme intervalle séparait les lignes carthaginoises de leurs réserves, discerné les deux corps de vétérans, et sans bien comprendre les projets de son adversaire, flairant une de ces manœuvres imprévues dont il était coutumier, avait arrêté la poursuite et fait sonner le ralliement, comptant sur la discipline de ses troupes pour obéir sur-le-champ à un ordre si étrange...

Maintenant, son ordonnance rétablie, ses ailes renforcées, Scipion avançait dans un ordre linéaire rigide. Annibal déploya rapidement ses vétérans et malgré leur infériorité numérique les porta en avant. Le choc fut terrible. Alors, on vit ce que peut un grand capitaine à la tête de soldats aguerris. Dans une série de manœuvres audacieuses et savantes, tantôt avançant, tantôt reculant, prenant en flanc les manipules, pénétrant

dans leurs intervalles, profitant des moindres
fautes de Scipion, successivement, le Suffète
battit les trois lignes romaines, et les refoula en
désordre. Son infériorité numérique lui interdisant les fameuses attaques de flanc, qui avaient
si souvent fixé la victoire sous ses enseignes, il
cherchait à percer au centre.

Scipion appela Publius Corlian :

— Écoute, nous sommes perdus si la cavalerie
n'intervient pas. Toi seul peux faire ce que je
veux, galope jusqu'à nos cavaliers et dis aux
Numides de se rabattre à toute bride derrière
le Suffète. Si tu ne peux porter mes ordres, c'en
est fait de nous !

— Je passerai, ou je mourrai!

— Il ne faut pas que tu meures, je veux que
tu passes !...

Saisissant l'instant décisif qui décide du sort
d'une journée, dans un effort suprême, Annibal
enleva ses vétérans et les jeta sur le flanc de la
légion du centre. L'armée romaine craqua à se
rompre, les manipules du centre se disloquèrent
et commencèrent à fuir, en jetant leurs armes.
Tout pliait devant le génie du Suffète, il était vainqueur!...

Mais une immense clameur s'éleva derrière les
rangs phéniciens. Parmi les tourbillons de poussière un ouragan de cavalerie s'abattit sur eux.
C'étaient les Numides et les cavaliers légionnaires,

Obéissant à l'ordre apporté par Publius Corlian ils chargeaient à fond. Galopant parmi eux, en faisant le coup de latte, Cot et quelques autres cherchaient à ralentir leur élan. Leur courage était vain. La charge furieuse enfonçait tout sur son passage. Les vétérans frappés à coups de lances dans le dos se débandèrent, la ligne s'ouvrit, la déroute carthaginoise commença, et la victoire aux ailes d'or couvrit de son vol triomphal l'armée de Scipion...

Un petit groupe de cavaliers entourant le Suffète le menait, malgré lui, hors de la mêlée. De toutes parts les Romains accouraient le glaive haut. Rangés autour du héros, lui faisant un bouclier vivant de leurs poitrines, ses fidèles l'escortaient sans se laisser entamer. Cependant ils tombaient l'un après l'autre. Photidès roula à bas de son cheval tué net d'un coup de lance dans les côtes, Cot s'abattit percé de part en part, Sisbée et d'autres encore furent criblés de coups. Enfin la faible escorte se dégagea, gagna au large et tira du côté d'Adrumetum...

Un silence auguste planait sur l'armée victorieuse. Scipion avait mis pied à terre auprès de Publius Corlian. Il respirait encore, un officier le soulevait sur son genou. Grièvement blessé en traversant les lignes phéniciennes, comprimant de la main son ventre fendu, d'où s'échappaient ses entrailles sanglantes, il avait eu la force de porter l'ordre qui assurait la victoire. Maintenant il allait mourir.

Un soupir souleva sa poitrine, ses yeux se fixèrent sur le général, il murmura :

— Victoire ou défaite?

— Victoire, ami, immense victoire : Annibal est vaincu.

Les instants de l'officier étaient comptés, Scipion le comprit. Ramassant quelques brins d'herbe il les tressa ensemble et déposa sur ce front, où la mort mettait sa griffe, la couronne de gazon, auguste récompense, la plus haute que pût recevoir un soldat romain..... Telle fut la gloire de Publius Corlian.

TABLE DES MATIÈRES

ACHEVÉ D'IMPRIMER

le vingt-cinq août mil neuf cent vingt-quatre

PAR

E. ARRAULT ET Cie.

A TOURS

pour

BERNARD GRASSET